UOMINI, BESTIE, PAESI

FERDINANDO PAOLIERI

IL
"CALAFATO"

Come gli esploratori raccontano d'aver udita pri-ma la voce, simile al rimbombo del tuono, dell'orango, così io udii, prima di vederlo, la voce del «calafàto».

Ascoltavo una messa cantata nell'antica chiesetta, che poi diventò caserma ed infine ripostiglio d'ogni rifiuto, all'isola del Giglio.

Il prete attaccò: «Credo in unum Deum...».

E, di dietro l'altar maggiore, un boato di mare in tempesta fece tremare la volta settecentesca, e poi si distinsero le parole che pareva scendessero dagli em-pirei, scaturendo dallo stomaco a bollore d'un profe-ta: «Patrem omnipotentem...».

Il tenente di vascello che mi stava al fianco, impet-tito nell'uniforme bianca sgargiante, mi dètte nel go-mito.

– Che voce di basso! o chi è?

– È quello che vorrei sapere anch'io!

Le note s'alternavano, terribili. Pareva che l'isola intera ne fosse squassata, a furore.

Girai, dietro le spalle quadrate dei pescatori, fino all'altar maggiore e vidi il miracolo, e feci segno al tenente di vascello, perchè venisse a vederlo anche lui.

Un uomo alto circa un metro e settanta, con delle braccia lunghe quanto tutta la sua persona e nerboru-te come quelle di un prigione di Michelangiolo, si bili-cava su due gambe ercoline uguali alle vòlte di un «tunnel» che sorregga solidamente una montagna, palleggiando sulle palme di due mani color noce, lar-ghe quanto messàli, un antifonario spaventevole sul quale cercava, colle pupille grosse armate di occhiali doppi sotto due sopracciglia di peli irti, i càpperi sa-lienti e discendenti del canto fermo.

Le vene del collo erano simili alle corde di aliga che trattenevano i grossi barchi-bestia ormeggiati nel por-to, e la voce, come il tuono da grotta a grotta, si sro-tolava, reboante, facendo oscillare le fiamme dei ceri.

Appena finita la messa corsi in sagrestia e, senza dar tempo al parroco di svestirsi dei paramenti sacri: Don Francesco, dissi coll'alito mozzo in gola dalla commozione, voglio veder l'orso!

Il parroco mi sgranò in faccia due occhi spaventati credendo che mi fosse per dar volta il cervello.

– L'Orso? che orso?

– Quello che cantava!

– Ah! stavo a sentire! il «calafàto» forse?

– Il «calafàto»?..... sarebbe a dire?

– Quello che calafàta i barconi da pesca, il più dabbenuomo dell'isola, la perla dei miei parrocchia-ni..... ma, giusto! eccolo.....

Il «calafàto» coll'antifonario sulla spalla, dondo-landosi come un bastimento che abbia girato una punta e cominci a ballonzolare sui flutti, coi cernecchi grigi scompigliati sul cranio quadrato, entrò, e posò il formidabile volume rilegato in legno e cuoio colle borchie di ferro battuto, con la stessa lievità che se si fosse trattato d'una piuma.

Allora vidi bene, nella sua completa essenza umana e divina, codesto fenomeno.

Un troglodite capace di puntellare la chiesa col groppone se un terremoto l'avesse sconquassata!

Si fece conoscenza, mi prese la destra, me la tenne prigioniera dieci minuti fra le sue mani dove spariva quasi inghiottita dalle mascelle d'un mostro, mentre mi dava il benvenuto parlando liberamente a nome di tutta l'isola. Poi m'invitò a bere a casa sua.

Mi scusai perchè ero digiuno, ma accettai per la mattina dipoi, quando avrebbe «dato fuoco alla Cle-mentina».

Lì per lì non capii chi fosse la Clementina nè per-chè dovesse darle fuoco, ma promisi a lui, e a me stesso, d'andarci.

Se il vecchio Omero fosse stato lì, presente e pizzi-cante la sua lira quale è rappresentato in tante balor-de statue accademiche, non avrei creduto di più di es-sere stato trasportato in pienissimo mito.

Il «calafàto» nudo fino alla cintura, col torso tutto bitorzoli e nòccioli e muscolature barocche guizzanti lampi di sudore sotto il riverbero, s'agitava davanti alle fiamme che mordevano sapientemente la vecchia pece bituminosa d'un barcone, sdraiato su un fian-co, come un cetaceo arenato.

Ogni tanto il «calafàto» distendeva le enormi brac-cia e correggeva le fiamme, insensibile alle lingue az-zurre e gialle agitate dal maestraletto.

Intorno a lui, in ordine digradante d'altezza, sette giovinotti, tutti ignudi, salvo un par di calzoncini ba-gnati aderenti alle natiche e alle cosce, aspettavano gli ordini.

E ora si tuffavano in mare e, a forza di spalle, mo-dificavano, tendendo i muscoli, la positura del barco-ne, ora agguantavano bracciate d'alghe secche e le di-sponevano, muovendosi incolumi, come deità marine stillanti acqua dai ciuffi neri dei capelli spioventi sulle fronti al pari d'erbe salmastre, intorno e sotto il pan-cione del mostro che sudava rivoli puzzolenti di ca-trame tenebroso.

A un tratto il «calafàto» mise in bocca le sue due dita della mano grossa, a forcella, e cacciò un fischio. Immediatamente la turba degli ignudi si slanciò lungo la spiaggia lunata, girò dietro il cerchio delle barche in secco, e si scagliò coi piedi scalzi, insensibi-li, sulla scogliera irta, granitica, del frangiflutti. Correvano, con metodo, come fossero sull'arena, coi gomiti ristretti ai fianchi, i pugni chiusi, le gambe statuarie, bronzee, che s'alternavano in ritmo uguale, le chiome ciondolanti e oscillanti e gocciolanti giù dal-le tempie uguali ad alghe stillanti.

A un tratto si voltarono con un «fronte a destra» perfetto e si buttarono in mare.

L'acqua, al settemplice colpo dei corpi schiaffati nei flutti, sciabordò schiumeggiando alla base dei ma-cigni, sconvolti ed immobili fra l'erbe galleggianti adunate dalla risacca.

Nello specchio tranquillo e verde sudicio del vec-chio porto galleggiava una trave di «principain» enorme.

Sei vi sedettero sopra colle braccia sui petti ansanti e le gambe penzoloni, mentre il settimo spingeva il le-gno e il suo fremente carico umano, nuotando.

E nuotando, fumava una sigaretta.

Non potei mai sapere di dove l'avesse tirata fuori e come l'avesse accesa.

Giunti alla scogliera v'ingattaronо sopra in un ba-leno e la pesantissima trave fu issata in secco; poi, bi-lanciata da quattordici braccia, venne appoggiata so-pra sette òmeri di cui i deltoidi splendevano come fossero d'oro sotto il sole chiaro di quell'aria traspa-rente e salata; quindi la favolosa corsa riprese e i set-te giovani ignudi, gravati di quel peso, premevano più duramente le scaglie dei graniti.

Ma era tale la loro agilità che pareva non poggias-sero le piante dei piedi.

Così, di corsa, arrivarono al centro del porto dove stava il barcone e, con una scossa sola, si liberarono del trave maestro che rotolò sotto la chiglia fumante e gocciolante.

Allora grosse funi d'alga circondarono il mostro e le mani nocchierute del «calafàto» tentarono solida-mente e rafforzarono i nodi. Tutte le funi vennero congiunte in una la quale formò un solo enorme ca-napo rigirato tre volte intorno a un àrgano tozzo di ferro, piantato fino a mezzo corpo nella terra sabbio-sa.

In ogni buco dell'àrgano fu cacciato un tronco di legno durissimo, poi il «calafàto» incurvò il dorso, tutto luci ed ombre, sopra uno di codesti tronchi, vi appoggiò le mani colossali, distese le braccia lunghis-sime e, quanto potè, le gambe arcuate.

I pantaloni per lo sforzo gli discesero fino al fesso delle natiche, in cui la tensione scavava due fosse az-zurre, e la cintura di cuoio, tempestata di bullette di rame, si schiantò e rotolò per terra dove rimase as-saettata come un serpente a cui sieno state spezzate le reni con un colpo di bastone.

I sette figlioli agguantarono ciascuno, e anche due e tre insieme, un legno, e qualche pescatore si levò la camicia, la scaraventò lontano, e li imitò. Ora, col «calafàto» ammontavano a sedici.

Il «calafàto» disse con la sua gran voce: Ooo!

Gli uomini, col capo curvo, coi capelli che ciondo-lavano spazzando quasi la sabbia, risposero: Ooo!

Poi l'argano scricchiolò orrendamente, i legni si curvarono, simili all'arco teso di Ulisse, e la bestia umana a sedici dorsi a trentadue gambe e altrettante braccia, si mosse.

Non s'udiva una parola.

Il porto bruciava, più dell'erbe allontanate dalla ghiglia del barco-bestia le quali finivano d'ardere sen-za fiamma facendo tremolare l'aria afosa, sotto il gran sole della mattina che suscitava tumulti di pietre preziose sull'acque agitate da una tenue vela di mae-strale.

Le donne avevano smesso di rappezzare le reti, i vecchi di fumare la pipa, i ragazzi di giocare colle barchette di sughero e le vele di cambray che depone-vano sulle sbavature del risucchio divertendosi a ve-dersele portar via; tutti, ansiosi, seguivano, tratte-nendo il respiro, l'argano che girava, gonfiandosi di corde, come un immane serpente si gonfia di spire, acciambellandosi per vibrare un colpo, turgendo di forza compressa pronta a scattare.

A un tratto s'udì un gèmito strano.

Il barco-bestia si lamentava.

Le fibre del suo legno stagionato, imbevute di sale e di pece, sospiravano raucamente nello sforzo di sol-levarsi dalla terra; loro, use a ballonzolare sul dorso dei flutti, a prova coi «foròni» i delfini agili che buca-no le reti dei pescatori nei plenilunii e li deridono, al-lontanandosi, col suono schernitore di Barbariccia.

Finalmente, quando l'argano fu gonfio di canapo sino alla capocchia, e le funi tese da schiantare, il barco-bestia sussultò, si crollò, si sollevò sul trave maestro e venne avanti, come un pachiderma, pro-tendendo la prua nuda da cui si sporgeva la figura carnicina d'una sirena dalla coda dipinta d'azzurro, inquieta di non vedere agitarsi sulla sua fronte l'ombra del bompresso.

E il «calafàto» disse «Stòp!».

Quindici gole risposero: «Stòp!».

E le statue di bronzo tornarono a raddrizzarsi nel sole, immobili e ferme come deità Egizie.

Il «calafàto» si tirò su i calzoni, se li portò sopra l'ombellico e li ricinse colla cinghia di cuoio, e respirò forte, con un gran respiro di bufalo.

Una giovine, tipo bruno di Saracèna dalla pelle bianca, forse la sposa d'uno dei figli, portò il fiasco dell'ansonico aspro color dell'oro, e bevemmo, tutti.

Il «calafàto» non bevve.

Mi spiegò: Ne bevevo tre fiaschi al giorno, di que-sto..... finchè mi prese una malattia di stomaco, tre-menda. Il medico di Santo Stefano mi disse che si trattava d'un cancro e mi spacciò. Ma io feci voto a San Mamiliano benedetto che, se guarivo, non avrei più toccato vino. Son guarito e mantengo la promes-sa.

– Alla salute!

– Alla vostra!

Il «calafàto» dette una spalmata possente nella pancia del barco-bestia:

– Ora, disse colla sua voce tonante, ti ridarò il ca-trame e ti richiuderò le ferite. Potrai andare anche in Tunisia! Tutte queste barche, qui intorno, le ho guari-te io, le ho rimesse a nòvo io.

Il prete appariva dall'angolo della «Cala dei Sara-cèni» facendosi vento col nicchio.

– Don Francè...! un bicchieretto!

– Volentieri. E... quando si ribenedice questa bar-ca?

– Lunedì mattina si vara e si ribattezza.

– A denti asciutti?

– Diavolo! Guardi, c'è qui Momo da sè.....

Il padrone della barca, vecchio, rubizzo, rosso nel collo e nel viso come lo sverzino, aprì le braccia a un gran gesto di muta protesta.

– Farò fare un cacciucco alla mia vecchia, che lei non ne avrà mai gustati in quel modo. Cacciucco di murène, zi prè..... e di palàmita, di musdèa e di pesce prete.

– Quel pesce che non muore mai neanche fuori dell'acqua?

– Di quello!

Il maestrale rinforzava. Le barche ancorate nel por-to sussultavano, strusciando i fianchi, impeciati e protetti dai cuscinetti d'alghe, l'una con l'altra, e il «calafàto» le contemplava soddisfatto, colle braccia incrociate sullo stomaco immenso, le manòne spietate aggrinchite sui bicipiti nudi grossi come teste di ra-gazzi. Tutte quelle barche, le aveva curate lui, ad una ad una, dalle ferite invisibili del mare; ed era come se le avesse fatte, come se fossero tante sue figliole dilet-te. Era lì, sovrano, in mezzo alla sua doppia famiglia, di ragazzi, di giovanetti, d'uomini, di nuore, di nipoti, e di velieri. Io lo guardavo, umilmente e con un po' di stupore; come un avanzo preistorico, come una cosa favolosa, piovuta dalle lontananze omeriche, per un incantesimo nòvo, e sentivo bene, accanto a lui, vivo eroe inconsapevole e felice, la disgrazia e la povertà della mia morta, tronfia letteratura impotente. Il mae-strale cominciava a far sibilare le sartie, mentre tutti i velieri s'alzavano e s'abbassavano sempre con mag-gior forza, tra lo sciacquìo delle ondate, ed egli pare-va passarli in rivista, prima di scioglierli dalle catene e abbandonarli, superbi, alle vicende del mare.

IL CELEBRE TENORE

Falli passare; staremo a vedere chi sono. La dome-stica andò via e ritornò quasi subito introducendo due uomini di mezza età che si fermarono, in piedi, l'uno accanto all'altro, di fronte a me.

Io li vedevo contro la gran luce sfasciata che il sole di settembre riverberava dentro il quadro azzurro del-la finestra e non riuscivo a distinguerne le fisonomie; ma poichè uno, quello che lì per lì mi parve il più an-ziano, si voltò un poco, ne scorsi gli zigomi sporgenti e il naso ricurvo sopra la bocca sdentata.

S'era voltato per frugarsi la tasca interna della giacca d'onde estrasse un portafogli misero, di stoffa, intorno al quale armeggiò qualche istante.

Finalmente, riuscito a cavarne fuori un cartoncino rettangolare, me lo porse con un gesto pieno di digni-tà, ritornando poi sugli attenti, vicino al suo compa-gno taciturno.

Presi il biglietto, vi gettai un'occhiata, e stendendo le mani (per un'abitudine) sulle cartelle sparpagliate per la scrivania, chiesi a mezza voce:

– In che cosa posso servirli?

– Senta lei, quassù, è molto conosciuto.....

– Mio Dio..... ci sono, si può dire, nato.....

– Lei è una personalità, mi lasci dire, uno di quegli uomini ai quali non si dice di no.....

– Per carità! Egli è che, veda, io faccio una vita talmente ritirata..... Si figurino che mia moglie, per vezzo, mi chiama «orso».....

Protestarono tutti e due, calorosamente; poi, quello che aveva presa la parola per il primo, continuò:

– Lei poi, e questo non potrà negarlo, è un pezzo grosso del consiglio del Circolo dei Riuniti.....

– No..... no..... un pezzo grosso no..... e neppure del consiglio..... ma conto fra i consiglieri molti buoni amici.....

Non vedo però che cosa c'entri, con lor signori, il Consiglio della Società.....

– Scusi, commendatore, ma allora lei non ha letto bene il biglietto da visita che ho avuto l'onore di pre-sentarle.

Abbassai istintivamente, gli occhi sul biglietto da visita e rilessi, sicuro di non sbagliare, «Alberto Se-chi» e null'altro.

– Non conosce codesto nome? Non le dice, non le ricorda nulla? Ci pensi bene.....

– Ma veramente.....

– Alberto Sechi! il celebre tenore!

Frugavo nella mia memoria coll'energia della di-sperazione, senza riuscire a svegliare un ricordo.

In quel momento, forse uno di quei cirri d'argento che appaiono improvvisamente chi sa come e di do-ve, a macolare i più limpidi cieli, passò davanti al so-le; perchè la stanza si oscurò; e allora in quella mezza luce verdastra vidi bene la figura di colui che mi par-lava, e mi colpì la sua distinzione, la correttezza del suo portamento e del suo gesto, sotto le toppe di un vestito liso ai gomiti e sdrucito alle cuciture delle ta-sche, ma stirato amorosamente col ferro.

– Il celebre tenore! non ricorda? Eppure lei è un uomo di teatro..... s'occupa di teatro da venti anni..... è stato amico del povero Giacomo..... è amico di Gio-vacchino..... ha collaborato con lui.....

Io guardavo, sbalordito, Alberto Sechi, senza tro-vare la via di rispondergli.

– Lei non ha conosciuto Enrico? ho cantato con lui al Carlo Felice, alla Fenice, alla Scala... ma i più grandi trionfi li ho avuti al Colon... Povero Enrico! Nella "Fanciulla del West" era insuperabile, ma nelle opere del vecchio repertorio romantico, "Ballo in ma-schera", "Trovatore", ci s'era ridotti a cantare una se-ra per uno..... e quello che ci scapitava era lui.

» Io ce lo avevo detto: Enrico, gli anni passano per tutti..... non ti affaticare..... buttati all'opera wagne-riana che è meno dannosa ai polmoni... fai come ha fatto Amedeo, s'intende, consigliato da me..... Ma non mi volle dar retta...

È inutile, era invidioso della mia gioventù, della mia resistenza..... e il mondo, ma specialmente l'America, ha perduto il suo usignolo».

Alberto Sechi si terse disinvoltamente, con il medio della mano sinistra, una furtiva lacrima; io trovai la forza, abbiosciato nella poltrona dallo stupore e dall'incomprensione, di mormorare: – Ma lei..... ma voi..... di quale Enrico parlate?

– E c'è stato forse nel mondo un altro Enrico? Io parlo di Caruso, del mio dilettissimo, più che amico, discepolo.....

» Oh! io non ho allievi..... ma imitatori..... ora, es-sendomi imbattuto in quel prediletto della natura, non volli che mi imitasse..... bensì che mi studias-se.....

«Ricordi (al compagno) i trionfi deliranti di New York? Quante volte, dopo il "Trovatore", al Metropo-litano, la folla mi ha staccato i cavalli dalla carrozza per portarmi, in collo, all'albergo?

» Poi venni in Italia, mi ammalai, feci delle specu-lazioni false, la guerra infine travolse tutto ed io non ebbi più i mezzi per tornare al paese dell'oro, mentre qui le scritture mancavano...

» Ora però vado a Milano dove il mio amico To-scanini mi ha promesso di farmi cantare, dopo oltre dieci anni, nell'"Aida"... Se lo figura lei il pubblico di Milano quando rivedrà il suo Radames?».

– Me lo figuro – risposi, ripigliando fiato e tentan-do di resistere alla specie di suggestione colla quale la sicurezza incredibile dell'interlocutore mi aveva schiacciato e rincretinito – me lo figuro..... solamente non riesco a capir bene, in questa faccenda, che cosa c'entri io e il Circolo dei Riuniti.....

Alberto Sechi mise una mano sulla spalla del suo compagno, sempre muto, che si limitò a lanciargli di tralice un'occhiata tra la supplica e lo spavento, e ri-spose:

– Questo, scusi se non gliel'ho presentato prima, è il Professore Eugenio Zini, sommo, quanto sfortuna-to.

» È perciò ch'io lo proteggo; perchè ho assistito con commozione d'italiano, a Varsavia, all'abbraccio che gli dette Paderewski dopo l'esecuzione della nona sinfonia del Beethoven... perchè l'ho presentato io stesso al Principe di Galles, allora giovinetto, ed ho cantato, accompagnato da lui, alla presenza dei Reali di Spagna.

» Mi ricordo, come se fosse stato ieri, che Gugliel-mo, prima di fare quella grossa corbelleria della guer-ra, da cui, nell'intimità, l'avevo sempre rispettosa-mente dissuaso.....

– Ma insomma, c'è da sapere, sì o no, quello che vogliono da me?

– Niente, caro commendatore, che possa recarle anche il menomo disturbo...

» Essendo di passaggio da questo ameno paese, da questa classica terra, che abbiamo vista fanciulli e che, perciò, amiamo come tutti, del resto, i più riposti cantucci della nostra dilettissima patria, abbiamo pensato di regalare a coloro che stimiamo quasi no-stri concittadini, il piacere d'un concerto con un pia-nista e un tenore di cui fra poco le Americhe s'impadroniranno per sempre. E siccome Ella, com-mendatore, è persona influentissima, così ci siamo ri-volti a lei, sicuri di non avere bussato invano alla sua porta ed al suo cuore d'artista e d'italiano.....

Mi girava la testa. Pensai: Qui se non mi alzo suc-cede qualche cosa... bisogna reagire, violentemente, all'incubo.

Di scatto fui in piedi. – Ma signor mio, quando avrebbe ella intenzione di dare questo concerto?

– Stasera stessa.

– Stasera! Lei, scusi, è matto.

– Commendatore, ella dimentica che Toscanini aspetta alla Scala il suo Radames ideale.

– Ma che Toscanini, e che Radames! Per cantare qui, all'Impruneta, nel teatro del Circolo e non fare un fiasco completo, bisogna che il pubblico dei pae-sani e dei villeggianti sia avvertito almeno una setti-mana prima.....

» Bisogna fare stampare a Firenze gli affiches grandi e gli avvisi piccoli..... stabilire il prezzo del bi-glietto..... sottostare, sobbarcarsi alle formalità d'uso.....

– Scusi, commendatore, interruppe il celebre teno-re, ma noi siamo superiori a codeste sciocchezze, noi lavoriamo quasi (si può dire) per beneficenza..... A metà del concerto, e poi a esecuzione ultimata, fare-mo un piccolo giro, con un piatto, rimettendoci all'intelligenza ed al buon cuore del rispettabile pub-blico.

Fu come se, a colpo, mi avessero strappato una benda dagli occhi.

Per quanto il sole rifolgorasse sulla campagna do-rata dai primi aliti del settembre e i miei interlocutori fossero ancora, contro luce, di fronte a me, vidi di-stintamente le loro facce patite e gli abiti lisi nei gomi-ti colle ricuciture all'orlo delle tasche.

Misi mano al portafogli e consegnai al Sechi due biglietti da dieci lire.

Egli ne dette uno al compagno, e mise in tasca il suo.

Quindi, facendo un passo innanzi ed inchinandosi con grande distinzione, mi stese la destra.

– Se le serve qualche cosa (non so se lo conosca personalmente) dal Toscanini, o meglio dal suo amico Forzano..... senza complimenti..... domani a quest'ora sarò alla Scala, nel gabinetto del Direttore.

» Mille grazie della sua cortesia e arrivederla».

Uscirono.

Io, ancora rintontito, m'affacciai alla finestra, e detti un'occhiata alle circostanti colline tutte festose di case bianche e di cipressini, sotto un cielo turchino da parere dipinto, come nei libri di figure per i ragaz-zi.

Il celebre tenore passava, in quel momento, di sot-to, e diceva al pianista: Ecco dove finirò col farmi la villa, per trascorrervi la vecchiezza tranquillo..... Sì.... questo posto, veramente, mi piace.....

Non ne ho saputo più nulla.

L' EREDE DI CICALONE

Campassi quanto un coccodrillo del Nilo, non di-menticherò mai la scena che avvenne quando morì Cicalone.

Avevo seguito, apposta, il medico condotto e il maresciallo dei carabinieri i quali, avvertiti da una comare che il vecchio mendicante era stato trovato morto in mezzo alla stamberga dove abitava, si pre-cipitarono per constatare, come si dice in gergo gior-nalistico, il decesso.

La stanza, cucina, camera e ripostiglio, riceveva uno sbattimento di luce di fuori, dal lampione ad ace-tilene (parlo di cinque lustri or sono) e appariva, a quel bagliore smorto, anche più squallida.

Il cadavere giaceva bocconi, come se fosse stato accoppato, colla barba verde in un avvallamento dell'ammattonato dove stagnava del liquido nerastro.

Era in maniche di camicia, ma sopra uno strapunto si notava, arrotolata probabilmente per servirsene come origliere, la cacciatora di vergatino, tutta sbren-doli.

La mobilia della stanza era degna del padrone.

Una cassapanca di quercia molto intarlata, un ta-volino a quattro gambe appena dirozzato, e sopra al tavolino una ciotola, di legno, piena a metà di latte inacidito.

Null'altro.

Appena un carabiniere e la guardia comunale ebbe-ro buttato giù la porta, il puzzo ci respinse indietro, e posando i piedi sul pavimento ci parve di camminare su strati d'insetti morti, o basiti dal freddo di quel gennaio memorando, che scricchiolavano sotto le suola come scaglie di vetro.

Mentre il dottore osservava il cadavere, muoven-done gli arti per provarne la rigidità e dichiarava ac-cidentale la causa della morte, e il maresciallo andava frugando in cerca di qualche documento, fu bussato alla porta e il carabiniere il quale era stato incaricato di tenere indietro la folla che rapidamente s'era venu-ta addensando, mise il capo dentro per dire: C'è il nipote.....

– Cercavo proprio di lui! fatelo passare.....

Un ragazzo d'età indefinibile, che poteva avere quindici anni, come poteva averne venti, sgusciò den-tro, tenendosi a rispettosa distanza dal graduato, co-me il cane da caccia, quando il padrone lo richiama dopo un malestro.

– Vieni qua, canaglia!..... Lo guardi un po', dotto-re, questo vagabondo..... e ora che ne facciamo? Bi-sognerà sapere con precisione quanti anni ha..... per-chè se è maggiorenne lo butto dentro per vagabon-daggio, e se è minorenne lo propongo per la casa di correzione per lo stesso motivo.....

» Di dove vieni? dall'osteria, da giocare, dai cam-pi, da rubare, dal bosco, dal tendere i lacci? Mah! vattelappesca!».

Il ragazzo si fece coraggio e rigirando il cappello fra le mani borbottò a mezza voce: «Io non vengo nè da rubare, nè da giocare, nè da tendere i lacci..... ven-go dalla mia fidanzata».

Il medico, che aveva fatto strascicare il morto fino al suo giaciglio, dove ora giaceva stecchito come una tavola, dette in una grande risata, e il maresciallo si voltò verso di lui come a chiamarlo testimone di quel che accadeva.

– Lo sente?..... disse finalmente, dopo aver buttato, giù in gola, la bile che lo soffocava... Lo sente? Que-sto cialtrone si burla anche della giustizia. In quell'arnese, con quello straccio di posizione che ha, vorrebbe darci ad intendere d'essere stato..... dalla fi-danzata! Lei, signor dottore, fa bene a ridere; però non riderò io, vedrà.

– Ma scusi, ribattè il medico, che ormai aveva fini-to, io non rido mica perchè non sia vero..... rido per-chè so come stanno le cose.

Il maresciallo, io, il milite che stava sull'uscio, la guardia e i due uomini entrati per rimettere sul lettuc-cio il cadavere, s'era rimasti allibiti.

– Ma non lo sa che codesto avanzo delle patrie ga-lere ha il coraggio, niente di meno di far la corte alla figliola del sor Pilade, droghiere?

– Ah! e il sor Pilade non l'ha ammazzato?

– Ci s'è provato diverse volte, ma Pezzette è più furbo d'un gatto, e il pestello di bronzo del pepe invece di pigliar lui nella testa sfondò un vetro della farmacia, un mastello d'acqua sporca colse in capo la guardia comunale che se l'è legata al dito, e finalmen-te il cane della signora Elvira, che gli avevano aizzato contro, buscò una legnata tale che ora quando sente avvicinare quel vagabondo fugge a rintanarsi e chi riesce a scovarlo è bravo.

Il comandante della forza pubblica, un bravo uomo taurino e sanguigno, padre di numerosa prole e vici-no ad andare in pensione, era rimasto a bocca aperta, e nessuno fiatava più, nella stanza funebre, schiaccia-ti tutti dallo stupore e dall'indignazione, quando l'uscio s'aprì un'altra volta, in mezzo a un clamore soddisfatto di folla sguazzante sempre di più nel ma-cabro pettegolezzo, e fra gli stipiti, disegnata dal con-torno pallido dell'acetilene si inquadrò la figura mae-stosa del droghiere seguito dalla legittima consorte la quale teneva alzate le braccia come la sibilla delle fa-vole.

– Signor Maresciallo! – urlò la donna senza nean-che preoccuparsi del morto – Signor Maresciallo! Lei rappresenta il Governo e il Governo non può permet-tere che dei liberi cittadini siano sottoposti alla perse-cuzione d'un delinquente di questo genere (accennava Pezzette), di un malfattore di tale specie. Signor Ma-resciallo! Il dilemma che s'impone alla necessità della pubblica quiete ha due corna e non si può scegliere: Cicalone al cimitero e Pezzette in galera. Perchè sol-tanto così saranno salvi il paese e l'onore d'una fa-miglia!

– Ma scusi, signora, bisogna prima vedere quanti anni ha il ragazzo..... poi bisogna che lei venga da me, con calma e mi produca le testimonianze dalle quali emerga che, in qualche modo, egli abbia usato violen-za.....

– Violenza? a chi signor maresciallo?

– Al suo signor consorte.....

– Usar violenza a me?! – urlò il farmacista, gon-fiando i bicipidi.

– Io ho diritto di sposarla – strillò per ultimo Pez-zette colla sua voce di galletto, sorpassando tutti i clamori, – e la signorina mi ha detto di sì...

– Spudorato!

– Assassino!

– Disonore del paese!

– Mia figlia, nostra figlia..... dar confidenza a un raccatta?..... Signor Maresciallo, lei lo sa bene che co-sa raccatta! Ci faccia il piacere lo levi di mezzo, lo butti dentro, ci liberi da questo incubo, ci renda la pace.

– Va bè..... Va bè..... ora vedremo. Il cadavere sia lasciato qui a disposizione della chiesa che ne effet-tuerà il trasporto al camposanto dei poveri..... e, tu, ragazzo, seguimi in caserma, dove esamineremo la tua posizione.....

– Ma io!...

– Meno chiacchiere agguantatelo per un braccio e portatelo via!

Pezzette questa volta s'impuntò sul serio.

– Non faccio resistenza – disse con fermezza al ca-rabiniere che lo voleva trascinare con sè – ma non mi muovo se non mi date la giacchetta dello zio..... È ro-ba mia, nessuno ha diritto di sequestrarla e qui non la lascio.

– Lo vuoi mandare nella fossa in maniche di cami-cia?

– Ve la renderò, dopo aver guardato che cosa c'è dentro.

– Il ragazzo ha ragione – disse il maresciallo – bi-sogna vedere se ha lasciato qualche documento.

Alzarono il capo del morto e srotolarono la giac-chetta. Siccome l'avevano presa a rovescio, cadde di tasca un involto giallo.

Il Maresciallo lo raccolse, lo svoltò, lo guardò, av-vicinandosi alla finestra, sotto la luce del lampione.

– Perbacco baccone!

Tutti allungarono il collo, non si sentiva un respi-ro; la folla ansiosa s'era ammutolita d'un tratto.

– È un libretto della Cassa di Risparmio... intestato a lui...

– A lui, chi? – urlò la droghiera.

– Al nipote..... Accidenti! Trecentomila lire!

– Trecento mila lire?!

Un silenzio di tomba. Nella quiete altissima si sentì il fruscìo lieve del libretto richiuso adagio dal Mare-sciallo sbalordito. Poi il graduato chiese con dolcezza a Pezzette:

– Ma..... quanti anni precisi tu hai?

– O non se ne ricorda, scusi?... ah! già, lei ancora non era stato traslocato quassù..... ma la guardia co-munale, il proposto, glielo posson dir tutti..... fui di leva, e mi scartarono per gracile costituzione, l'anno passato.....

Il maresciallo senza rispondere, porse il libretto a Pezzette.

– È roba tua..... non te la può toccare nessu-no.....fanne buon uso.

– Comincerò dal pagare un bel trasporto allo zio!

– Bravo! – urlò la droghiera al marito – bravo fi-gliolo! lo senti? l'hai capita, ora, zuccone, che la gen-te non si giudica dall'apparenza? Te lo avevo sempre detto che in fondo in fondo era un ragazzo di cuore!

Sulla porta il Maresciallo, la guardia, il medico s'eran fermati.

Pezzette avvicinatosi al morto, gli depose sulla fronte un lieve bacio.

La droghiera scoppiò in singhiozzi.

Quando il giovinotto arrivò all'uscio, il Marescial-lo si tirò da una parte.

– Prego.....

– No..... no..... passi lei.....

– Non lo permetto..... è in casa sua... ma le pare?

Pezzette, in maniche di camicia, col ciuffo sull'occhio destro, le mani (una delle quali chiusa nervosamente sul prezioso libretto) nelle tasche dei pantaloni rimboccati, scalzo, passò davanti al gra-duato, ai militi sugli attenti, al medico. La droghiera lo seguiva asciugandosi gli occhi.

La folla, silenziosa, si aprì e gli uomini, istintiva-mente, si levarono il cappello.

MEDIOEVO

Voglion passare in casa? Senza complimenti... do-vranno scusare... son catapecchie da poveri... c'è la cucina sottosopra... la massaia ha il bucato sul fuo-co... ma queste mura (mi facciano il piacere di guar-darle) non hanno paura di scosse!

Si entrò tutti e tre (io, il mio amico Livio e l'inseparabile Foffo) in casa del contadino che ci fa-ceva strada col cappello in mano, e, come si fu den-tro, noi ci si levò il nostro e lui si rimise il suo, poi nessuno disse più nulla perchè s'era rimasti a bocca aperta.

La stanza dove ci si trovava pareva un'immensa cucina, ma, guardando attentamente, si finiva coll'accorgerci che in origine aveva servito a tutt'altro scopo.

Il paiòlo della lisciva barcollava, appeso alla cate-na, sulla fiammata di castagno, sotto la càppa di un camino patinato completamente di nero dal fumo, di linea semplicissima, con uno stemma inquartato nel centro, e sostenuto dai capitelli a fior di loto di due colonnine ottagonali.

Le vòlte della cucina erano formate da otto cap-pucci a crociera e l'altezza, dal pavimento al soffitto, indicava i larghi ed igienici criteri di costruzione me-dievali.

– Che cosa ne dice?

– Dico – risposi al contadino il quale m'interrogava – che, probabilmente, è stata fatta di-ventare cucina colonica la sala da pranzo o da rice-vimento di qualche signorotto del due o del trecento.

– Lei dice benissimo; e tutti quelli che vengono quassù (s'intende gli scienziati come lei) dicon lo stesso; dunque, dev'esser vero.

– È vero, senza dubbio; ma ora bisognerebbe sape-re che cosa c'era prima, dove ora sorge questo grup-po di case. Per dir la verità nei libri dove si parla di questi luoghi le rovine son descritte come quelle del castello di un messer Zate o Zati; ma chi diavolo fos-se e cosa ci facesse qui questo fortilizio, non m'è riu-scito mai di saperlo. Basta! andiamo fuori a vedere.

E si uscì, nel sole.

Alte mura s'aggrappavano ai macigni della collina appoggiandovisi colle scarpate oblique e alzavano il colore rossastro della pietra, dorata dal tempo, nel sole, mentre, fuori da tutte le fenditure, dalle menome crèpe, una rigogliosa vegetazione di capperi agitava al ventolino, che lassù spira sempre, le capigliature di smeraldo.

In quelle mura, dove ancora si riconoscevano le tracce delle porte e delle finestre, in quelle torri sca-pezzate e ridotte ad uso d'abitazione con aperture pazzesche di finestre e arbitrarî accecamenti di luci, la idiozia degli uomini moderni aveva fatto nascere delle case la cui assurdità veniva salvata soltanto dal me-raviglioso colore che i secoli, artisti pazienti e infalli-bili, avevano steso sui mattoni e sui sassi.

Io, anzi, mi meravigliai che nessuno avesse ancora spalmato un bell'intonaco di calce, secondo lo squisi-to buon gusto strillo-cubista di quest'epoca ineffabi-le, su quegli avanzi; però il contadino fu pronto a rassicurarmi che ci avevano pensato, ma il Governo l'aveva proibito.

Mentre fra mezzo il viola freddo delle mura in om-bra, sotto la curva incrollabile d'un archivolto, per una porta di pietra bigia stemmata alla sommità, si introduceva una fila di pecore i cui contorni venivano brillantemente disegnati dal raggio di sole dentro il quale passavano, io alzai gli occhi all'unica fra le tor-ri rimaste in piedi che avesse ancora l'apparenza lon-tana dell'ufficio per cui fu eretta e domandai se c'era modo d'arrampicarsi sulla cima.

– Sì! fin verso la metà del novantacinque ci si po-teva salire; ma poi battè il famoso terremoto e anche questa torre, che era intatta coi suoi merli e ogni cosa, fu dovuta scapezzare per sicurezza, e ora, come vede, l'hanno coperta con un tetto e noialtri si adopera come granaio.

– E di lassù, che cosa si scorgeva?

– Di dietro e dalle parti il panorama di questo monte, come lei può figurarsi, e di fronte, invece, la vista è coperta da quell'altro castello.

Difatti, affacciandomi fuori, vidi un'altra costru-zione, pure d'origine medioevale, rifatta probabil-mente nel seicento, colla torre di vedetta, diventata una colombaia, che s'alzava, presso a poco, all'altezza di quella sovrastante ai ruderi fra i quali eravamo noi.

– Sicchè, dissi, in mezzo a queste poggiate, che sei o sette secoli fa dovevano essere dei veri deserti, c'erano due castelli, proprio l'uno di faccia all'altro! O che diavolo saranno stati? Vedette degli Aretini, dalla parte del Valdarno, o dei Fiorentini, o, magari, di qualche feudatario rimasto, sino ad una certa epo-ca, indipendente? Saranno stati tributarii della Badia o avranno commesso estorsioni anche a danno dei monaci? Vattelappesca!

Il contadino, dopo aver fatto qualche cerimonia, accettò un sigaro che gli dette Livio, lo spezzò, se ne mise mezzo in tasca, cacciò quell'altro in bocca bia-sciandolo bene bene e lo risputò fuori tenendolo fra le labbra senza accenderlo; poi disse, adagio: Per dir la verità codeste cose l'ho sentite dire anche da quegli altri scienziati come loro (il mio amico Foffo, bracco-niere e ostinato analfabeta, a sentirsi dar di scienziato non battè ciglio) ma io, se gli ho a dir la verità, ci cre-do poco.

– Sentiamo, dunque, la vostra opinione.

– Ecco..... sa, non per passare avanti alle signorie loro, che vuole? siamo dei poveri zotici..... ma, in-somma, pare per via che neppure a quei tempi nes-suno andava d'accordo, che due signori di questi po-sti avessero montato questi due castelli proprio uno di faccia all'altro per combattersi continuamente.

– O come si chiamavano codesti bravi signori?

– I vecchi ci hanno detto che si chiamavano Barba-gio e Pappafico.

– E non ne sapete altro?

– Io no! So solamente che tutti quelli i quali ven-gono quassù dicono che questa roba è tanto bella e che darebbero qualunque cosa per tornare a quei tempi.

– E allora, galantuomini, arrivederci.

Quando si fu in fondo alla collina, dove la gora d'un mulino si getta nel torrente che divide il territo-rio d'un castello da quello dell'altro, ci si fermò ad osservare quei due pinnacoli minacciosi, coronati uno d'olivi cenerini, l'altro di castagni verdi e gialli, e che parevano davvero intenti a guardarsi in cagnesco; rievocando, colla fantasia, quei tempi, detti anche dolci, e remoti.

Se fosse stata vera la leggenda tramandata di padre in figlio, tra quei contadini, che razza di vita sarà sta-ta mai quella del povero Pappafico e del disgraziato Barbagio?

Il sole ora scottava maledettamente piombando a picco sui macigni aspri di quello scoscendimento su cui fremevano chiome azzurre d'olivi e brividi dorati di castagneti; tre o quattro anitre gialle, felici, nuota-vano voluttuosamente in tondo nella gora e una bella ragazza, con una pezzuola scarlatta intorno alla testa, cantava con una cadenza che ricordava vecchissime musiche, di carattere amoroso, ma di stile liturgico, lente, come, in passato, doveva essere lento a trascor-rere il tempo.

Io avevo un cappello di paglia, sotto il quale cola-vo dal sudore, e mi sarei tanto volentieri levata la sot-toveste troppo grave che avevo indossata in previ-sione d'arrivare accaldato sulle cime dove tira vento; e ognuno di noi portava un bastone che faceva co-modo alla salita, ma di cui si sarebbe disfatto tanto volentieri alla piana.

A un tratto Foffo, personificazione del buon senso guardingo di Sancio Pancia (il quale soleva correggere con osservazioni di un realismo spietato l'idealismo cretino di Don Chisciotte capace di buscarne a morte per negare le bellezze d'una donna sconosciuta ed esaltare quelle d'una contadina deforme scambiata per una principessa irresistibile), Foffo, analfabeta metafisico, scosse la pipa sul palmo calloso della sua mano snodata di figulinaio imprunetino, e disse, qua-si parlando a se stesso:

– A quel modo sarebbero stati i tempi che dicono fossero tanto belli? Gli parranno belli ora, perchè veggono gli avanzi, ma a trovarcisi doveva essere peggio che andar di notte! Che vi gira? Io non farei altro che passeggiare; mi dà noia anche la giubba, e queste scarpe, che mi regalò il signor capitano quan-do c'erano i prigionieri austriaci alla fornace, non mi riesce di portarle... E gli uomini d'allora o non usci-van di casa, o, se uscivano, bisognava si vestissero di ferro da capo a' piedi!

» Ma ci ha pensato mai, sor Ferdinando, a quel che avrà voluto dire andar girando, con dei bollòri come questi, mentre oggi noi s'invidiano le donne, che or-mai hanno deciso di dar aria ad ogni cosa, con una marmitta di ferro in capo, con un coperchio di teglia sul groppone e uno sullo stomaco, con due tegoli sul-le cosce, e, mi figuro, con sotto tanta stoffa di panno o di velluto da non s'impiagare le cicce movendosi con tutti quei triboli addosso!

» E l'avete viste mai, le testuggini? Ecco; gli uomi-ni di quei tempi si riducevano testuggini! E se uno ca-scava giù da cavallo, ce ne volevan quattro di quegli altri a rimetterlo sopra, come succede a Calino quan-do gli ruzzola dal barroccio un sacco di carbone!

» Bella vita! Barbagio, a uscir fuori, aveva paura di Pappafico, e Pappafico aveva paura di Barbagio! E se no, bisognava si bardassero come cavalli e pi-gliassero con sè tutta la sua gente. Vestiti di ferro, fa-cendo due passi sur un mattone, sudando di verno (a risico di pigliare un malanno quando si levavan di dosso tutta quella battaglieria) e soffocando di state, dovevan soffrir mille morti. E ogni tantino, bòtte! e Dio ne liberi a chi era senz'armi!

» È vero che se ne dovevan tirar cento e chiappar nel segno soltanto con una, ma quella, dove arrivava, non lasciava ricrescere il pelo!

» E poi (badi che questa, se ci pensa, è la più gros-sa di tutte) mi dica un po' lei come avranno fatto a grattarsi? Ci pensa che supplizio, di questa stagione? Già, con rispetto parlando, dovevano anche puzzare! Per forza facevan belle le case; se ci passavan dentro tutta la vita, rinchiusi! no! no! quello non era il modo di vivere.

» Invece noi siamo liberi; la mattina io scendo alla fornace, a piedi, cantando, con la cagna avanti e in tasca non porto neppure uno spillo. La sera si va al caffè..... la domenica al cinematografo. E quelli, inve-ce, sempre in casa, chiusi come le talpe, senza luce elettrica, senza... (ma come avranno fatto a resistere?) senza fumare! E un tale, l'altro giorno avrebbe prete-so di persuadermi che il progresso non c'è, che il mondo non ha mai cambiato! Ma io quando guardo quell'uomo brutto vestito di ferro che, dicono, scuoprì un pezzo di America, ritto come uno spau-racchio sulla piazza di Greve nel Chianti, e paragono il suo vestito col mio, mi par d'essere, in confronto, il Re del Siam! Almeno se mi si sdrucisse una scarpa, la fo ricucire, ma lui bisognava che andasse dal mane-scalco! Insomma io che mangio, bevo, dormo, lavoro e non do noia a nessuno, in questo secolo ci sto be-none e non tornerei addietro per tutto l'oro del mon-do. Stretta la foglia, larga la via, dite la vostra, ch'io ho la mia».

Ma nessuno ebbe fiato di dir la sua. Il medioevo era demolito! Il successo di Foffo era stato addirittura trionfale.

Peccato che, quasi subito, se lo volle sciupare; per-chè, arrivati alla bottega della vecchia Fiamma per bere un bicchiere, Foffo (il quale da quando l'ho ri-cordato nelle novelle ha la mania d'esser celebre) in-tese di far colpo sui barrocciai e sui cacciatori che af-follavano la bottega e disse all'ostessa:

– Mi riconoscete?

– Io, francamente, no.....

– Eppure, mi dovreste conoscere..... mi conoscon tutti.....

– Sarà; ma io non vi conosco.

– E allora ve lo dirò io! Son Foffo!

– Ci ho piacere per voi; ma è la prima volta che vi sento nominare.

Ci fu un attimo di silenzio penoso; come nei salotti aristocratici, quando qualche personalità ha commes-so una gaffe e nessuno sa più come riattaccare il di-scorso; ma Foffo, voltandosi a me e accennando colla punta del bastone verso Fiamma, disse con dignitoso disdegno: «Già! Cosa volete che sappia lei? Lei è del trecento.....

L' APPOGGIO

Rutilio aveva la sua casa a mezza costa del poggio.

Un cubo bianco con due finestre davanti, due sulla destra, una sulla sinistra e dietro nulla.

La porta d'ingresso dava sopra un giardino, metà del quale era rimasto giardino e l'altra metà s'era tra-sformata in orto.

Sul tetto rosso strillavano i passerotti.

Così ogni angolo della casa era stato utilizzato dal previdente Rutilio; ed ogni giorno pensava qualche innovazione, qualche abbellimento.

Non gran che, mancandogli il più, ma insomma ci lavorava dattorno e aumentava insensibilmente le comodità.

Sotto la casa si stendeva il podere.

Quattro ettari, ci pensate? E Rutilio doveva cam-parci.

Per farlo bisognava che sorvegliasse il contadino, si può dire, giorno e notte, e siccome quello si ribella-va, era una vita terribile.

All'alba Rutilio compariva sull'aia, di cui il tetto verdastro scendeva, con un dolce declive, da sotto le due finestre del lato destro della casa, in faccia alla distesa degli olivi.

Cominciava a rovistare nel pollaio, nella coniglera, nel forno.

Il contadino aggiogava i manzi, figurando di non aver visto il padrone, li spingeva giù per la viottola; ma appena era arrivato in fondo al campo, eccoti Ru-tilio, con le mani dietro la schiena, che speculava le piante da frutto e si chinava, ogni poco, a raccattare qualche pomo mezzo bacato.

Il sole ancora freddo, quasi d'argento, non aveva risalito l'arco del cielo, d'un azzurro pallido, e già qualche lodola, inebriata dall'odore umido delle zolle fra le quali s'era svegliata, si slanciava trillando con un volo obliquo verso la luce che la illuminava fino a farla confondere, scintilla brillante, al tremolio dell'aria.

Tutte le cose abbagliavano d'intorno, il dorso dei pampani, le vette dei pioppi, le frutta del pero, i po-liedri duri delle zolle vangate e le chiome dei salci, lungo il torrente, si accendevano come torce.

– Signor padrone..... non le raccatti; o al maiale, «non tassando nessuno» non vuol serbar nulla?

Rutilio allora si muoveva, traballando, fra i blocchi delle zolle squadrati dalle vanghe, e veniva innanzi, sollevando una mela nel pugno, con piglio trionfa-le.....

– E questa roba qui, tu la vorresti dare al maiale?

– Sicuro! io «un» la mangio di certo. Non lo vede che, dentro, Cecco ci s'è bell'e fatto il suo buco?

– E io ti dico invece che il tuo ragazzo nel grembiu-le e la tua donna in seno, di questa roba qui ne portan via a corbellini.....

– Ma per che farne?

– Per venderla!

– A chi?!

– A Chele di Grillo che le mette in forno! e quando i ragazzi mangiano le mele cotte in forno collo zuc-chero, ingoiano il baco e ogni cosa.

– Lei sogna!

– E tu rubi!

– Lei guardi come discorre!

– Se ne riparlerà a San Martino!

E tutti i giorni, ora per un fico brogiotto, ora per un ovo dimenticato nel pollaio, ora per un panello di stiacciatunta che la massaia regalava a qualche pigio-nale, erano scenate tremende.

Per le raccolte, Rutilio non si muoveva dal fran-toio, dalle tinaie, dall'aia.

Eppure, un giorno, seppe che il contadino aveva il libretto (e per una cifra alta!) alla Posta!

Dunque il contadino rubava..... Come se era possi-bile che, mentre lui ci campava a mala pena, il conta-dino riuscisse a metter da parte?

Gli raccontarono che certo colono aveva, accorta-mente, praticato, uno sì e uno no, tanti vuoti sotto i mattoni dell'aia. Quando batteva il grano, la loppa e la pula si sparpagliavano per il portico, e i chicchi del grano, pesanti, per le fessure dei mattoni colmavano i vuoti. Poi, a notte alta, il capoccia alzava i mattoni e riempiva le staia.

Rutilio si grattò la zucca. Ma poi si decise e mandò a chiamare i muratori.

Il muratore trovò molte cose da ridire sulla casa di Rutilio e su quella del contadino, ma sopra tutto tro-vò da ridire sulla parete di tramontana che era senza finestre.

– Deprezza la casa.

– Credete?

– O non la vede da sè com'è brutta quella parete cieca?

Rutilio si scordò del pavimento che voleva buttare a soqquadro per cercare i vuoti sotto i mattoni e deci-se di aprir la finestra.

Il muratore arrivò con la mestola e con la calcina, insieme a un bardotto, una faccia di scemo, due occhi piccini, da scoiattolo, sotto una fronte bassa tagliata dal ciuffo ciondoloni, e che rideva sempre.

Il muratore seguito da Rutilio, girò dietro la casa per orizzontarsi e tutt'a un tratto si tirò un gran pu-gno nel capo, dicendo: – «Mi sono scordato del me-glio! Di chi è, scusi, questo terreno dove siamo ora noi altri?

– Questo terreno a confine con la parete della mia casa è del notaro Bertuelli.

– E lei mi ci faceva aprire una finestra?

Il notaro Bertuelli era un uomo molto rispettato, ed anche temuto, in paese, perchè non si levava mai, nè per mangiare, nè (dicevano) per dormire, la papalina col fiocco e gli occhiali grandi a stanghetta che certi sciocchi pretenderebbero che avessero inventato gli americani.

Ordinato, meticoloso, anzi afflitto dalla mania dell'ordine, il notaro Bertuelli, che passava le giorna-te a ricontare i travicelli e le mattonelle e a raccattare nella ciotola, badando bene che sul banco non ne re-stasse un granello, il polverino, caduto alla carta su-gante, con uno zampetto di lepre, sentendo un certo armeggio sospetto, uscì fuori in veste da camera e in pianelle, con la papalina, di cui il fiocco gli ballava sul naso, e con gli occhiali a stanghetta, simile a certe figurine delle vecchie oleografie giù di moda.

Il notaro Bertuelli si affacciò, oltre la sua dimora, sul pezzettino di terreno prativo confinante con la ca-sa di Rutilio e chiese, levandosi la pipa di bocca: «Si potrebbe sapere che cosa fanno?».

– Quel che mi pare! – rispose arrogantemente Ruti-lio il quale già si sentiva la senape al naso.....

– Quel che gli pare, lei lo deve fare in casa sua!

– Ha ragione. Guardi, siccome volevo aprire una finestra, farò fare l'apertura di dentro la mia casa e gettare all'interno lo scarico!

Il fiocco della papalina del Bertuelli schizzò per aria, si riabbassò sugli occhiali a stanghetta e tornò a ballargli sul cranio.

– Lei oserebbe – gridò il notaro con voce strangola-ta – di aprire una luce sul mio?

– Prego, sul mio!

– E lei, invece, mi concederà subito il diritto d'appoggio perchè io «vado» a fabbricare sul mio.

– Lei «vada» a fabbricare dove vuole, ma l'appoggio non glielo do.

E Rutilio si voltò intorno a cercare il consenso del muratore; ma questi intuendo che il notaro avrebbe avuto bisogno di lui, era già passato, in armi e baga-glio, dalla parte del nemico, mentre lo scemo rideva.

La mattina di poi sul terreno del Bertuelli sorgeva un breve muro, distante dalla parete di tramontana della casa di Rutilio, giusto, lo spessore di quello che i tecnici chiamano «il filo della mestola».

Rutilio che non ne capiva nulla, si infilò la giac-chetta meno rammendata e andò dall'avvocato; e da quel giorno la pace fu perduta per lui. Nelle ore in-terminabili nelle quali aspettava il legale che non c'era mai, al ticchettio monotono della macchina da scrivere di una commessa miope, Rutilio sonnecchia-va, sognando che il contadino fuggiva con due manzi attaccati al carro carico di tutti i raccolti del campo.

Finalmente il Tribunale ordinò a Rutilio che conce-desse l'appoggio mediante un diritto di mille lire per i primi tre metri d'altezza e di millecinquecento per gli altri tre; ma le spese, avendo egli promosso la causa, furono a carico suo, sicchè, per saldare la par-cella, dovè mandare all'avvocato anche un barile d'olio dell'annata.

Via via che la casa del notaro Bertuelli, il quale as-sisteva personalmente ai lavori, col fiocco della papa-lina sugli occhiali a stanghetta e la pipa, cresceva, a Rutilio faceva l'effetto che diminuisse la sua; e men-tre lui si struggeva dalla passione a vedere quella gran casa che adagio, adagio si mangiava quell'altra, il contadino si ripagava di tanti anni di schiavitù fa-cendo il comodo proprio e saccheggiando il podere. La casa del notaro seguitava a salire e la casa di Ruti-lio a rimpiccinire come se la prima succhiasse il mate-riale alla seconda, e, caso strano, il notaro Bertuelli, forse per la contentezza, ingrassava, mentre Rutilio, ad ogni sasso che muravano, perdeva un'oncia di pe-so, anche perchè, come se tutto questo non bastasse, il contadino cantava gli stornelli nel campo, il mura-tore gli rispondeva dal tetto, ed il bardotto scemo, portando corbelli di calcina sulla testa, rideva.

Ma, quando, finalmente, Rutilio si avvide che sul tetto della sua casa c'erano entrati i topi perchè anche i passerotti avevano nidificato sotto gli embrici del notaro, aspettò il Bertuelli, di notte, e chi lo sa cosa sarebbe accaduto se non se ne fossero accorti in tem-po e lo avessero portato al manicomio.

IL NAUFRAGIO DI GIACOMONE

Quando si scese, giù alla marina, dopo avere visi-tato minuziosamente la miniera, abbandonata, di marcassite, per rimontar sulla nostra barca, questa ballava sopra le creste dei flutti come se, all'improvviso, fosse stata presa da un attacco d'epilessia.

Il mare, che appariva, quando si poneva piede nel-la prima galleria della miniera, di un bel color sme-raldo chiaro punteggiato appena, qua e là, da qualche fiocco biancastro, era divenuto, ad un tratto, di un colore turchino cupidissimo il quale si rompeva mol-tiplicandosi in marosi innumerevoli capricciosamente frangiati d'argento.

Codesti flutti impennandosi e correndo sospinti da un improvviso soffio di tramontano, parevano dav-vero cavalli bizzarri scaturiti per incantesimo dalle favolose lontananze del mare. Spettacolo, come ognuno intuisce, bellissimo; ma intanto a noi toccava di rimanere dove s'era perchè di salpare non si pote-va neppure discorrerne.

Per fortuna non lontano dalla miniera, lungo la ri-va lunata di un piccolo golfo, esisteva un gruppetto di case dove si sarebbe potuto trovare da rifocillarci con facilità; quanto al ricovero per la notte io proposi senz'altro d'acconciarci all'addiaccio, in un punto ri-parato della macchia sul mare.

Nessuno di noi aveva per fortuna dimenticato, co-me si costuma sempre in Maremma, il mantello; sic-chè, tirata in secco l'inutile barca, ne togliemmo fuori coperte ed indumenti di lana e si risalì poi la pendice del monte, sopra la marina, in cerca del punto dove potere accampare.

Una punta rocciosa, come uno scoglio dallo schiaf-feggiar dei marosi, s'alzava dall'intrico verde della macchia bassa tosata dal respiro ardente del libeccio, formando una radura gialliccia in mezzo a una siepe di specie circolare che pareva tagliata dalla mano dell'uomo.

Il fuoco del sole si spegneva lentamente in fondo all'orizzonte pulito come un cristallo, incendiando il terreno metallico dell'immenso squarcio franato giù in mare in chissà quale cataclisma preistorico, quan-do, in seguito ad uno sconvolgimento mostruoso, smisurate piramidi di granito si staccarono forse dal continente diviso da una furia improvvisa d'acque, e le loro cime, emergendo dalla grande distesa, forma-rono le isole. Era un disco rosso che, tuffandosi nell'onda, pareva mandar faville e fumare, come fos-se di ferro incandescente. E noi di fronte a codesto gi-gantesco pezzo di metallo in fusione s'ebbe l'audacia d'accendere un focherello di sterpi sui quali gettam-mo dei grossi rami di macchia alzandoci intorno una specie di focarile di sassi.

Ma il nostro modesto fuoco, rapida calando la not-te, apparve subitamente immenso, le macchie sem-brarono più opache e più formidabile il fragore del mare.

Illanguidendo la vampa, fu cotto quello che si potè sulle braci ardenti e dalla capace fiasca di bordo spil-lammo a turno il vino dell'isola che fa serpeggiare una fiamma viva dentro le vene.

Poi fu dolce, adagiati sul cubito, guardare, senza pensiero, l'incommensurabile volta nera punteggiata di misteriosi luci tremanti, mentre d'intorno la voce del mare invisibile empiva furibonda la notte e il ven-to pareva tentare con frenesia i fianchi dell'isola che non si crollava.

Ancorata in fondo agli abissi con propaggini di pietra alzava a fior d'acqua il vertice del suo triango-lo sul quale passavano lente le stelle, e il mare da se-coli urlava di rabbia, ora da una parte ora dall'altra, finchè spossato dalle inutili collere, si adagiava in formidabili calme esalando in mezzo al languore del crepuscolo violetto il respiro affannoso del risucchio contro le sponde di granito.

Il vento soffiava dalla parte opposta a quella dove eravamo accampati e non ci dava molestia, ma nelle pause di silenzio dal nostro chiacchiericcio, la voce del mare che si scagliava ritmicamente contro il fian-co a nord dell'isola appariva, per la distanza, così maestosa da mettere quasi sgomento.

Ormai il fuoco era estinto e dal buio fitto le storie e le leggende narrate dai vecchi lupi di mare, che ave-van condotta la barca, pareva assumessero parvenze e forme di realtà.

Giacomone, il più vecchio, raccontava di quando naufragò sulle «formiche» di Grosseto e passò qua-rantotto ore nel canale aggrappato a un rottame.

Gli altri ascoltatori (tutti «marini», come dicono loro) si limitavano, accompagnando coll'animo sospeso le peripezie del naufragio, a soffiar sospiri nelle barbe ritrose e a gridare al compagno, toccandosi col pollice della mano destra, traversalmente, la fronte «Così ce l'avete fatta, compà», ma a me premeva di farmi un'idea dello stato d'animo d'un individuo in quelle condizioni.

– Come vi passava il tempo, compare?

– E chi lo sa?..... Per un poco provai a recitare il rosario; ma poi mi accorsi che mi indebolivo troppo e risparmiai anche il respiro.

– E in che modo faceste a resistere, a non lasciarvi vincere dallo sgomento, insomma a non vi abbando-nare?

– Si naufragò sul tramonto..... il mio compagno, un vero pesce, dev'essersi abbandonato per aver battuto la testa in qualche frantume perdendo i sensi..... Io, rimasto solo, riuscii ad aguantare un pezzo d'albero..... e quando potei cacciarmelo fra le gambe ed ebbi trovato a tentoni un pezzo di fune della vela, mi ci attaccai come la rèmora al bastimento e mi sen-tii più sicuro.....

«La notte fu lunga; una volta salivo su, verso le stelle e vedevo sotto tutto il mare, nero come l'inchiostro, che bolliva soffiando, una volta ripiom-bavo giù, in fondo ad una voragine con certe pareti a picco pencolanti che guai se si fossero richiuse!... ma quando ebbi capito che il colpo da cui era tirato giù era il medesimo da cui venivo ributtato su, ci feci l'abitudine e non ebbi più tanta paura.

» Avevo paura invece che non mi facesse qualche brutto scherzo lo stomaco..... verso l'alba sentivo un'uggiolina, un languore... poi quando si fu levato il sole e il mare prese a calmarsi, tutto quello scintillio di brillanti cominciò a farmi abbagliare gli occhi, a darmi delle vertigini, compresi che stavo per sveni-re.....

» Allora, senza lasciare la corda, di cui, anzi, mi annodai, accuratamente, un pezzo al polso sinistro, mi lasciai scivolare sull'acqua facendo il morto.

» Fu la mia salvezza! Piano, piano, con quel mo-vimento di culla, ripresi un poco le forze... e credo perfino d'essermi addormentato... o quasi!

» A lei questo parrà impossibile..... ma pensi che noi siamo nati (si può dire) nell'acqua.....

» Verso il tramonto si rimise un po' di mare e lo stomaco si rifece vivo con dei crampi da piegarmi in due: non potendo più star supino, trovai un refrigerio rimontando a cavalcioni sul pezzo di legno, a cui, come le ho detto, ero rimasto attaccato per la fune e sul quale mi potevo curvare durante gli attacchi dello stomaco.

» Ma la seconda notte fu terribile, e mi sarei, dav-vero, lasciato andare se, improvvisamente, non mi fossi avvisto che la corrente mi spingeva, per quanto adagio, dalla parte di terra.

» La terra, si capisce, non si vedeva, chissà a che distanza era! Eppure servì codesto pensiero a farmi entrare addosso una specie di frenesia, un'eccitazione, la quale ebbe forza di sorreggermi an-cora quel tanto bastante a farmi resistere.

» Mi ricordo che ogni poco mi veniva in mente qualche cosa di nuovo e poi la medesima idea, che mi aveva dato il coraggio, me lo toglieva...

» Per esempio, pensavo che, di lì, dove ero io, po-teva passare qualche transatlantico e scoprirmi col ri-flettore o col lume di prua... ma subito m'assaliva la paura che il vapore mi sfracellasse colla chiglia o coll'elica urtandomi senza avvistarmi.....

» M'ingegnavo di scorgere l'attrezzature d'un ve-liero, ma poi mi rammentavo che nella scia dei basti-menti navigano i pescicani colla mezzaluna della boc-ca aperta e armata di denti aguzzi come coltelli, e un brivido mi percorreva la schiena.....

» Insomma, più d'una volta, sfinito, senza più fia-to, mi raccomandai a Dio e mi lasciai piombare nell'acqua guardando, sopra di me, il cielo come se non dovessi vederlo più...

» Lei, veda, signorino, sarebbe andato giù come un pezzo di ferro, a dormire su quelle belle praterie d'alghe del fondo! io, invece, appena l'onda mi pi-gliava nelle sue braccia, pareva diventassi di sughero, e non c'era più versi (l'istinto!) che potessi affondar d'un capello. In una parola, gliel'ho a dir come sta? Mi sentivo morire e non mi riesciva di morire.

» Quando, finalmente, una barca sardignola mi trovò sul tramonto della seconda giornata e mi tirò a bordo, ero senza fiato e tutti dissero che, ormai, più di qualche altra ora non avrei potuto reggere. Mi sa-rebbe mancato, ad un tratto, anche quel filo di resi-stenza istintiva il quale mi ributtava a galla ogni volta che qualcuno invisibile mi tirava giù per i piedi, e sa-rei colato a picco senza avvedermene, morendo come in un sogno».

Nel buio brillò la fiammella d'uno zolfino illumi-nando i triangoli rossi d'un naso e d'uno zigomo, e il vecchio Botte, accesa la pipa, raccontò di essere stato straccato, dopo un fortunale, su certa insenatura Còrsa, dove, riavutosi in una grotta, aveva visto ve-nire a ricoverarcisi un bove marino che tutta quanta la notte urlò dalla bocca dell'antro, senz'accorgersi di lui più morto che vivo, chiamando sul mare sconvol-to la sua compagna perduta.

– O voi che cosa facevi, in quel mentre?

– Mi raccomandavo l'anima ai Santi! Aveste senti-to che muggiti! Tali e quali come quando il mare, a tramontano forte, entra dentro le buche fatte dal ven-to nelle scogliere. Ma allorchè la spuma dei cavalloni doventò color di rosa e fu prossima l'alba, di mezzo al mare rispose un muggito compagno e il bove con un salto magnifico si buttò a capofitto e scomparve.

Un altro disse di quando navigò di conserva colla sua barca a vela, per più di un chilometro, nell'acque di Montecristo, accanto alla mole d'un capodoglio, colla paura che questi si voltasse rovesciandola d'un colpo di coda.....

– O come vi poteste salvare?

– Bordeggiando adagio, adagio, come piacque al Signore; perchè il mostro dormiva.....

L'ultimo, invece, raccontò di quando la barca dove navigava lui fu presa dal raggio d'una tromba marina e fu salvata, giusto l'uso del più vecchio di bordo.

Io avrei voluto conoscere i particolari e, possibil-mente, le parole dei famosi scongiuri, ma da quel momento non ci fu più modo di cavar nulla di bocca a codesta gente. Mi avvertirono soltanto che il vec-chio, ormai, era morto e che, per quanto fosse certa-mente inutile, avrei fatto bene a mandare anch'io un requiem all'anima sua.

Con tutti questi discorsi il tempo era volato e la grande orsa tramontata da un pezzo.

Detto il requiem in raccolto silenzio, nessuno più aperse le labbra, finchè io, fra la stanchezza e qualche bicchieretto bevuto ascoltando, persuaso dal respiro, ormai più calmo, del mare, mi rinvoltai nel mantello a piè d'un tallo di querciolo e attaccai un sonno da pre-lato.

Mi svegliarono dopo due ore delle grida terribili, che ci fecero alzare e correr tutti sul luogo donde pro-venivano.

Nell'incertezza viola dell'alba il più consumato di quei lupi marini tornava stravolto verso di noi, ac-cennandoci uno spazio color di rosa in mezzo al ver-de cupo della macchia:

– Laggiù..... mirate. Si muove..... mi viene..... in-contro..... prenda il fucile!.....

Io fissavo con attenzione spasmodica il posto, do-ve indicava quell'uomo il quale aveva sfidato tante volte la morte; ma non mi riuscì di vedere altro che un lungo stelo di lucerbolo, disperatamente agitato dal brivido freddo che precede l'aurora.

IL DÒDOLO

Dòdolo, come vanno gli affari?

– Mah! quando deve andar male, che la vada sem-pre così, Donne, c'è il cenciaioloo! Chi ha ossi, cenci, scarpe rotte da vendere..... donnee!...

E il Dòdolo, brutto, crivellato dal vaiòlo, come un vaglio, cispelloso, sciancato, lendinoso, se ne andava via a testa alta spingendo il suo carrettino con un'aria che nemmeno il Re di Spagna.

Ma come avrà fatto a campare?

Eppure, ogni tanto, si pigliava anche il lusso d'un desinare vero, colla minestra e ogni cosa, all'osteria.

Il povero Grillino si disperava quando se lo vedeva entrare in bottega perchè, sudicio come era, nessuno lo voleva a sedere vicino; ma tant'è, i quattrini del Dòdolo pagavano come quelli del signor avvocato e bisognava se lo succiassero.

– Dòdolo in codesto arnese non vi ci piglio!

– E io m'infilo la giacchetta..... avete ragione.

Le giacchette del Dòdolo!

Altro mistero profondo. Ogni settimana ne mutava una: cacciatore, giubbe a due petti, tuniche da milita-re, cappotti da fanteria o da artiglieria, giacchettine stremenzite da giovinetto, perfino «taits», e certo giorno una redingote con mezza falda che gli procurò una grande ovazione da parte di tutti gli avventori i quali, all'ingresso del Dòdolo in quell'arnese, si alza-rono in piedi, come un uomo solo, quasi fossero stati precedentemente d'intesa, e intonarono a una voce, la marcia reale, accompagnandosi in cadenza coi mani-chi dei coltelli sopra i bicchieri.

Mai, a memoria di nessuno, da Grillino s'erano di-vertiti in quel modo.

Ma il mutare di buccia, per il Dòdolo, era nulla, in confronto a quello che ognuna di quelle bucce diverse rappresentava.

Ve n'erano alcune le quali potevan chiamarsi poe-mi. Una cacciatora lacera bisunta, scolorita dalle in-temperie, ma cogli spallacci elegantemente intrecciati e i lacciòli per stringere la cintura all'inglese, narrava la storia d'un'eredità passata dal padroncino al guardacaccia, dal guardacaccia al figliolo maggiore e da questi al contadino, mentre un cappotto da arti-glieria diceva come dal tumulto del reggimento e dalle gioie fanfaresche del buttasella nelle belle mattine ge-lide e luminose fosse passato a coprire le spalle del cieco a sedere sul pilastrino colla ciotola tesa e il cane ammaestrato accanto.

Infatti il cappotto era turchino nel groppone, dife-so probabilmente da un muro, e stinto davanti, dove la pioggia e il sole avevan battuto.

C'era perfino chi aveva visto addosso al Dòdolo un panciotto scarlatto, e i vecchi sussurravano che fosse stato il panciotto del boia!

Il Dòdolo intanto s'infischiava di tutte le chiacchie-re e seguitava a sfoggiare una varietà di guardaroba strapanato e bizzarro da disgradarne il principe degli straccioni.

Generalmente il Dòdolo girava alla larga dal pro-prio paese. Instancabile, faceva col suo carrettino mi-glia quanto il pensiero, ma oggi che la roba costava un occhio del capo, cominciavano a trovare strano come potesse procurarsi ancora cenci e casacche smesse in mezzo alla campagna, nei casolari lontani.

Eppure tutti i sabati, piovesse, nevicasse o tirasse vento il Dòdolo usciva dal suo tugurio con un sacco, apparentemente pieno d'ossi e di cenci, in ispalla, e a piedi, colla pipa in bocca e il suo passo stanco di be-stia, se ne andava in città a convertire la sudicia mer-ce in danaro.

Quando ritornava, a notte fatta, aveva addosso un'altra giacchetta inverosimile e in tasca tanto da poter entrare da Grillino e ordinare con sussiego le paste a sugo e un litro di quello da moribondi.

Una bella sera l'osteria era piena come un uovo, quando il Dòdolo, che da un pezzo non si faceva più vivo, entrò con aria trionfante e, spalancata la «ve-tràge» multicolore della sala terrena, si fermò sull'ingresso quasi pavoneggiandosi e coll'intento di lasciarsi ammirare in tutta la sua peregrina bellezza.

L'urlo che stava per scaturire dalle bocche dei commensali fu troncato a mezzo nelle strozze avvinate dallo spettacolo di quella novissima meraviglia.

La faccia camusa, forata di puntolini e pustolette verdi come da tanti pallini da schioppo, del Dòdolo, spariva sotto un «Metternich» bigio, sporco, con tut-to il pelo ritto a guisa di quello dei cavalli quando si sono aombrati.

Dal collo, invece di cravatta (perchè la camicia non esisteva) pendeva una fusciacca che un tempo fu ros-sa, da carrettiere, e che, ripassata due volte sotto il pomo d'Adamo, serviva anche da goletto, mentre le spalle, il torace e le braccia erano insaccati in un abito a coda di rondine con due falde lunghissime, con grandi sdrusci nei gomiti da cui uscivano le sfilacca-ture d'una vaga rimembranza di fodere in seta e con immense sgorature, nauseabonde, oleose, da per tut-to.

Ugo, impiegato alla cooperativa, scapolo e che pi-gliava i pasti in trattoria, fu il primo a reagire a quella specie di stupore da cui erano restati tutti paralizzati.

S'alzò di scatto, prese le falde del Dòdolo nelle mani e cominciò a cantare sull'aria di una marcia funebre:

«Ce ne avremo, ce ne avremo
lungamente, lungamente»

E tutta la sala, in coro:

«Lungamente a ricordar!»

Il Dòdolo impettito, salutando la folla col Metter-nich, che ad ogni saluto si staccava dalla tesa allungandosi ed accorciandosi a mo' d'un soffietto di or-ganino, fece il giro della stanza e finì per sedersi al suo tavolo nel consueto cantuccio, mentre Ugo comi-camente gli domandava: Che cosa posso servire a Sua Altezza? Che cosa comanda, stasera, da cena, Sua Altezza?

E giù risate, tutti, da scarrucolarsi le vertebre.

In mezzo a quel brusio, un contadino, padron sul suo, abitante qualche diecina di chilometri distante, venuto lassù per affari e che mangiava con padron Gosto, (povero fittavolo pien di miseria detto «padrone» per colmo di scherno dallo spirito crudele del popolino) si chinò al suo orecchio e gli disse: Sbaglie-rò, ma quella roba che ha il Dòdolo addosso mi par di conoscerla.....

– Vale a dire?

– Non posso propriare e non vorrei pigliare un ab-baglio. Ve lo saprò dire domani sera.

Padron Gosto non ebbe occasione di rivedere il contadino e a quelle parole non ci pensò più. Solamente, siccome aveva combinato un bell'affare di fi-chi primaticci, perdè tutto il suo tempo a fabbricare un magnifico spauracchio per via che, avanti della raccolta, non glieli beccassero i passerotti.

E lo spauracchio, di paglia, tutto vestito, con pan-taloni, panciotto, giubba e un cappellaccio di feltro, s'alzò a braccia spalancate nel bel mezzo del campo.

Padron Gosto si divertì fino a buio a godersi l'effetto della sua opera d'arte.

Dietro i rami violetti del fico, contorti in atteggia-menti di spasimo come braccia di dannati, di mezzo al traforo delle larghe foglie che, contro luce, parevan nere, il sole morente abbagliava, vermiglio, e sciami di passere pettegole turbinando nell'aria finivano col tenere conciliabolo sul tetto della capanna dove pare-vano incoraggiarsi, vicendevolmente, a tentare un vo-lettino verso la pianta difesa da quello strano uomo il quale, ai tenui soffii del vento serale, si crollava agi-tando le braccia e girando su se stesso a modo d'un burattino.

Finalmente il sole scomparve, la prima stella battè le ciglia in mezzo al turchino profondo, i passerotti furono inghiottiti dal velluto dei cipressi goffi lungo la strada azzurrognola i bovi mugghiarono, già nelle stalle, e Gosto, dopo aver buttato loro nella mangia-toia una manata di lupinella e averli abbeverati, andò a letto.

Quando si svegliò, la mattina a bruzzico, e scese nel campo, lo spauracchio era sempre al suo posto, ma ignudo, mostrando tutta la sua oscena intimità di paglia infracidita e le giunture di sarmenti annodati.

Un cappello, che, per lavorare, era sempre utile, un paio di pantaloni di vergatino, un panciotto di panno buono, una giubba di fustagno «pelle di diavolo» og-gi quasi introvabile, avevano preso il volo. Padron Gosto fece i suoi conti e concluse: A questo prezzo..... cari i miei fichi! Poi tentò d'orizzontarsi e pensa, pensa, gli vennero in mente le parole di quel contadino in trattoria...

Allora, ringoiandosi la rabbia, da bestia paziente, aspettò qualche giorno, perdendosi a scacciare i pas-serotti, tutte le santissime ore, colla pertica da bac-chiare le mandorle, finchè una bella sera, che i fichi eran quasi in punto e facevan la gocciola, si vestì dei panni migliori, e, aspettato il crepuscolo, si piantò sotto il fico, a capo basso, a gambe larghe e a braccia aperte, nel posto preciso dello spauracchio.

Chi avrebbe potuto, meno d'un contadino, abitua-to alle poste e ai balzelli, resistere persino dieci, quin-dici minuti per volta in quella posizione sforzata?

Quando era stracco Gosto dava un'occhiata alla siepe, dalla parte della strada maestra, poi, dopo es-sersi sgranchito le gambe e le braccia, si ricrocifiggeva nell'aria.

Dopo l'un'ora (l'eco della campana solenne aveva appena finito d'estinguersi nel cerchio nero di monti dove gli occhi ardenti delle case raffittivano via via che raffittivano le stelle nel cielo) Gosto sentì sfru-sciare verso la siepe del campo.

Per l'appunto il rumore veniva un po' di fianco a lui, sicchè non vedeva nulla e non si poteva voltare; ma quando s'accorse che sulle zolle si posavano, len-ti, dei piedi umani, s'irrigidì quasi fosse diventato di bronzo.

– Accidenti! – disse una voce sommessa alle sue spalle – Accidenti! come t'hanno vestito stasera! Panni di sposo! proprio quello che ci voleva per me!

Una mano levò il cappello di sugli occhi a Gosto, mentre l'altra gli tirava, per sfilarla, una manica della giubba, e, subito, con precisione meccanica, senza mutar posizione, irrigidito com'era, Gosto si rivoltò su stesso e colla mancina aggauntò, a caso, una fu-sciacca e un corpetto, mentre colla destra calava un pugno a braccio teso, a maglio, capace d'accoppare un vitello.

Che testa dura doveva avere il Dòdolo!

La mattina di poi era in piazza col barroccino, co-me se nulla fosse successo. Non gli si vedeva altro che un po' d'azzurro sotto l'occhio sinistro, ma lui disse d'avere inciampato nello spigolo, rincasando briaco.

Però per molti anni non mutò di vestiti e non si permise più il lusso d'andare a mangiare da Grillino. Il segreto del suo commercio era, ormai, stato tradito.

IL CANTUCCIO IDEALE

Siccome il signor Tullio e la signora Tullia (Dove, tu, Cajo, io Caja!) avrebbero potuto dirsi anche il si-gnor Tullia e la signora Tullio (da tanto era il bene che si volevano benchè autentici pescicani) così non ci fu tra loro, come al solito, nemmeno un attimo, una pausa di discussione.

Abituati a tradurre in atto, subito, mediante denaro sonante, i progetti più audaci, i pensieri più pazzi, appena ebbero alzati gli occhi dalla carta geografica che stavano consultando insieme, e si furon dati uno sguardo scambievole, non ebbero incertezze nè esita-zioni.

Tullia propose: Andiamo? e Tullio concluse: Si va!

Ed era in verità, quello dei due egregi coniugi pe-scicani, un caso ammirabile e, forse, unico al mondo.

Giovani, sani, immensamente ricchi, con dei figlio-li, un maschio e una femmina, buoni più del pane, con dei caratteri d'oro, nati apposta per andar d'accordo, come due campane, formavano l'eccezione alla regola di questa umanità tartassata e dolorosa sempre macerata dal desiderio e turbata dall'inquietudine.

Così pensava, del signor Tullio e della signora Tul-lia, il mondo; ma, secondo il solito, pensava male, o, per essere più esatti sbagliava nel suo calcolo.

Al signor Tullio e alla signora Tullia mancava qualche cosa che per loro due era moltissimo e ne formava il segreto tormento.

Per mantenere l'elasticità alla loro sterminata ric-chezza essi continuavano ad occuparsi d'affari con grande alacrità e, soprattutto, da gente pratica e dal colpo d'occhio sicuro, non avevano mai voluto sce-gliere nessuno degli infiniti postulanti al posto di amministratore, facitore, cassiere, fattore delle loro aziende, case, patrimonio e beni rurali, ma curavano da loro il vasto organismo di così cospicuo capitale, in tutti i dettagli, dai rapporti commerciali con le dit-te, fino ai conticini delle spese minute.

Questo lavoro, nel quale anche, talvolta, si alter-navano, durava all'incirca undici mesi dell'anno.

Il dodicesimo mese Tullio e Tullia si pigliavano il meritato riposo, ma ahimè! non erano ancora riusciti a trovare «il cantuccio ideale», la plaga davvero si-lenziosa e remota dove potersi isolare completamente dal mondo, riposare come avrebbero avuto diritto di riposare due esseri ai quali tutti gli elementi obbedi-vano, vinti dalla inesorata legge dell'oro.

Ogni anno i due coniugi si curvavano sul mappa-mondo, stendevano delle carte geografiche sopra una immensa tavola e cercavano...

Facile era trovare isole dove addirittura non giun-geva l'eco della civiltà umana, ma quelle isole erano certamente piene di serpenti, di coccodrilli e magari di cannibali, deserte di abitazioni e mancanti di com-fort.....

Tullio e Tullia avrebbero voluto un isolotto in pla-ghe incivilite, un isolotto tutto per loro, come Monte-cristo o come Giannutri.....

Ma l'isola di Montecristo, già da tempo, era stata venduta dal Marchese Ginori al Re d'Italia e il Re vi passava taluna volta, con la Regina, qualche rarissi-mo attimo di assoluta libertà.

Proprio come avrebbero voluto fare Tullio e Tullia; ma loro non erano Sovrani.....

Anche l'isola di Giannutri, ormai era stata acqui-stata da un privato.....

Eppoi, per quanto ricchissimi, Tullio e Tullia non avevano intenzione di buttar via metà del patrimonio ad acquistare una località apposta per farvi sorgere adagio adagio quelle agiatezze che essi invece aveva-no bisogno di trovare quasi bell'e pronte, a portata di mano, da gente la quale conosce il vero prezzo del tempo.

Così furono sempre obbligati a recarsi a passar l'agosto in luoghi dove i romori del mondo li perse-guitavano fino a letto; quand'ecco compulsando, per l'ennesima volta, un atlante geografico, dopo avere scorrazzato per l'Asia e per l'Africa ed esser tornati, prudentemente, in Europa ed aver retrocesso più prudentemente costa, fino alla nostra inarrivabile Ita-lia, si accorsero d'avere, a un tratto, insieme, messo il dito sopra un angolo (un'insenatura) della costa ma-remmana, dove era segnato il nome di certo paesino ignoto.

Prese le debite informazioni, resultò che in quel punto non c'erano villeggianti, nè ci andavano bagnanti, perchè ancora nessuno aveva pensato a co-struirci capanne, e tanto meno un albergo o anche soltanto un'osteria, od a portarci una roulette o un mazzo di carte segnate.

Solo due anni avanti, un certo ingegnere, cliente di Tullio, capitato, viaggiando per ragioni professionali, in quella regione ed avendo notato la bellezza del luo-go, ci s'era fermato una notte ed aveva ricevuto dai pescatori pulita e cortese ospitalità.

Motivo per cui, essendogli scappato di bocca il racconto di codesto piacevole incidente di viaggio, con due coniugi suoi amici, e ignorando le affannose ricerche di Tullio e di Tullia (che d'altronde in quel tempo egli non conosceva ancora) i suddetti coniugi, suoi amici, s'erano l'anno innanzi, recati a villeggiare in quel luogo coi loro sette ragazzi e con un'altra fa-miglia di parenti pure assai prolifica e prosperosa, e ne avevano riportata un'impressione eccellente.

Logica fu la domanda di Tullio: Senza dubbio, allo-ra quest'anno, essi ci tòrneranno.....

Ma la risposta fu semplice: Non ci tornano, ma, d'altra parte, sono sicuro che non ne hanno fatto parola con nessuno, poichè non vogliono divulgare il segreto di un posticino così delizioso, a rischio di far-lo divenire un deposito e un sanatorio, come costuma di tutte le spiagge un po' note.

Pensò Tullio: Se noi sbarchiamo colà con la nostra servitù, affittata la casa di un pescatore, la muteremo ben presto in una reggia.....

E Tullia disse: Faremo costruire una tenda meravi-gliosa sulla spiaggia e vi abiteremo giorno e notte, in costume da bagno.

Su quel pensiero, davvero prezioso, si scambiaro-no un bacio ed un abbraccio e corsero a dar gli ordini per fare i bauli.

*
* *

Una frotta di pescatori e di donne, schierata sul piccolo golfo, divorato dal battente del mare che vi si frangeva con impressionante impetuosità, assisteva, scambiandosi sotto voce delle idee, alle complicate operazioni d'approdo di un ricchissimo motoscafo il quale ballava sui flutti (un po' troppo capricciosi per una simile imbarcazione) come un delfino.

Ma non una, delle numerose barche e lance da pe-sca e da soccorso, verdi, celesti, rosse, che si dondo-lavano (simili a sirene col capo indolentemente ap-poggiato sulle palme delle mani incrociate), ventre all'aria, sui flutti e non uno dei decrepiti o dei giovani e robusti lupi marini che mangiavano coi denti anne-riti i cannucci delle loro pipe rosse di coccio, si mosse per aiutare il bel motoscafo.

Come Dio volle, questo, con una manovra difficile, riuscì a buttarsi contro la spiaggia, dove il reniccolo ne accolse la prua e ne immobilizzò la carèna, mentre il risucchio scivolava via di sotto la chiglia, impotente ormai a risballottolare nell'acqua il guscio di noce a benzina.

E dal guscio di noce scesero Tullio verde come l'alghe marine, Tullia, bianca come la luna all'alba, e varii mucchi di cenci che poi si rivelarono per i ragaz-zi e per i servitori della coppia esemplare.

Tutti codesti avanzi umani giacquero sulla spiag-gia, come detriti d'un naufragio buttati alla deriva, guardati dai pescatori e dalle loro donne con la stessa curiosità con la quale i selvaggi guardano, sulle coste della Polinesia, le casse di biscotto di qualche battello colato a picco, rivomitate dal mare.

Dopo una mezz'ora di quello stato comatoso, il robusto Tullio riuscì ad emettere un suono inarticola-to, al quale fece eco un altro suono, di accento al-quanto rauco, emesso dalla pallida Tullia, e, final-mente, uno dei servitori, riuscito a levarsi in piedi, chiese a un pescatore che l'aiutasse a tirare in secco il motoscafo, che lì non si poteva ancorare.

Il pescatore non aprì bocca, nè fu possibile ottener risposta da nessun altro dei circostanti, i quali, dopo un poco, si ritirarono educatamente lasciando soli i navigatori.

Tullio allora pensò che fosse giunta l'ora di ricor-rere al suo infallibile metodo.

26

Tolse il portafogli, ne estrasse un biglietto da mille e con quello facendosi vento, si pose a girare per le viuzze del borgo, bussando alle abitazioni, nitide, fre-sche, civettuole, colle pareti scialbate di calce, e le persiane verdi, ritinte da poco.

Nessuno si affacciò, nessuno rispose, e (cosa stra-ziante) Tullio non riuscì a trovare nel borgo una bot-tega, un negozio di commestibili, un caffè!

Il sole sdipanava senza tregua, dal cielo arroventa-to a bianco, matasse incandescenti sull'acciaio sfavil-lante del mare, il quale si stendeva, pigro, sotto la ca-rezza feroce, placandosi con dei respiri sordi che pa-revano i primi accenni del lento, spaziato, russar me-ridiano.

Dovettero alzare l'albero del grosso motoscafo e tender la vela; sotto la quale, dopo essersi messi in costume da bagno (spogliandosi uno per volta dietro l'imbarcazione), in faccia alla deserta distesa d'acque che pareva fumigante sotto l'arsura implacabile, ten-tarono di rifocillarsi con della cioccolata appiccicosa e con della birra calda come la camomilla.

Alle loro spalle le quattro o cinque case del borgo, bianche come Marabutti arabi, covavano il più erme-tico segreto, mute come sfingi del deserto.

Il vespero, d'un lilla estenuante, piovendo su tutto il mare, stremato di voluttà, petali di viole e di rose, trovò Tullio, Tullia, i servitori e i ragazzi boccheg-gianti sull'arena, coi corpi esposti al risucchio che più non arrivava a sfiorarli colla sua carezza umida, simili a pesci rovesciati allora, allora, dalle reti scin-tillanti, fuori del naturale elemento.

E nel vespro, finalmente, il classico puntolino nero delle novelle e delle leggende, apparve all'orizzonte, ingrandendo a poco a poco.....

Una barca!

E nella barca, in piedi, remando alla veneziana, un uomo!

I naviganti si buttarono in ginocchio, di scoppio e intonarono il coro del «Mosè» implorando che quell'uomo, quel pescatore, quel marinaro, quell'angelo, non fosse un indigeno!

E, per fortuna, non era!

Appena balzato a terra, e febbrilmente interrogato con relativi vellicamenti di biglietto da mille, spiegò l'esser suo, come Lohèngrin.

E spiegò anche che i buoni pescatori di quella inse-natura ignorata sul Tirreno selvaggio erano rimasti così edificati dal soggiorno e dal contegno delle due famose famiglie di bagnanti e lor prole le quali, un anno prima avevano preso stanza sulla stessa spiag-gia, che avevano giurato solennemente tutti insieme nella piccola, disadorna chiesetta del borgo, di non dar mai asilo, per qualunque somma, a forestieri, e s'erano impegnati reciprocamente a non sovvenirli, per nessun premio, d'alloggio non solo, ma eziandio di bevanda o di cibo.

Tullio e Tullia pagato lautamente l'informatore, ordinarono i preparativi, giacchè il mare era placido e sarebbe spuntata, colla notte, la luna, per la partenza.

Mentre i servi riponevano la roba, ripiegavano la vela, abbassavano l'albero, accendevano il motore, Tullio e Tullia chiesero all'informatore se, forse, il parroco del luogo non sarebbe stato un po' meno fe-roce, promettendogli un lauto beneficio per la chie-sa.....

L'informatore levò, in atto disperato, ambe le brac-cia al cielo.

Quando la luna affacciò metà del suo volto beffar-do sulla cupezza del mare che tremolando s'empieva di perle, salparono, sentendosi scrutati, da sotto le griglie delle persiane, da molti occhi curiosi.

Nell'altissima calma notturna, parve, anche, ai na-vigatori, di udire una risatina soffocata.

Ciò nonostante io ho chiesto invano alle carte il nome dell'insenatura beata a cui avrei voluto egual-mente approdare, anche a costo di morirvi di fame..... E l'ho chiesto pure, a Tullio e a Tullia; ma non sono riusciti a ricordarsene più!

L' OCCHIO DI MARTINO

Quando il signor Giuseppe, notaro, leggeva un at-to, si alzava in piedi, solenne. Il fiocco di seta della papalina nera a ricami rossi e d'argento gli scendeva sulla lente dell'occhiale sinistro e di dietro a quella del destro una pupilla tonda come il centro d'un ber-saglio fissava gli astanti.

La papalina l'aveva regalata al signor Giuseppe notaro la sua povera moglie buon'anima per l'appunto venticinque anni prima, sicchè per il vec-chio legale scadevano si può dire le nozze d'argento colla morte.

L'occhio tondo come un bersaglio scrutava il fascio di carte bollate che le mani grinzose e turchine di arte-rioscleriotico alzavano tremando all'altezza del naso e la voce monotona scandiva le formule sacramentali con tono di panegirico.

Gli attori, i testimoni, anche se contadini o monta-nari, impressionati da quell'apparato, s'alzavano in piedi.

Raccontavano che Pietro di Sano di Gigi di Bacco di Palle di Santi il quale non s'era mai cavato il cap-pello in tutta la sua vita (e dicevano lo tenesse in te-sta anche a letto), essendo stato pescato lì per lì come testimone, adagio adagio, aveva finito, dopo essersi guardato dintorno in preda a una specie di smarri-mento, col portare la destra al feltro logoro e col le-varselo. In paese ne discorsero un mese.

Il notaro, che tutti chiamavano «sor avvocato», usciva di casa raramente e, per lo più, al crepuscolo.

Usciva con una gran palandrana abbottonata fino ai piedi, tanto d'inverno come d'estate, perchè d'estate sotto quell'immenso palamidone non porta-va che la camicia e le mutande, e con un vastissimo cappello a tuba che aveva preso il medesimo colore preciso del manto del baio, un vecchio cavallo del di-ligenzaio, al quale cavallo le legnate e la paglia ave-vano conferito il dono della longevità.

Chiudeva a colpo il portone, poi dava la mandata a chiave, e dopo aver fatto pochi passi ritornava in-dietro, a tastare colla mano l'uscio per assicurarsi d'averlo serrato bene.

Infine, le mani in tasca e nella destra la mazza col pomo all'ingiù, a passo lento cominciava la sua pas-seggiata consistente nel giro delle mura.

La gente, incontrandolo, lo salutava, e lui assorto in chissà quali pensieri, non rispondeva a nessuno.

I paesani supponevano che il sor Giuseppe si fosse imposto quel silenzio perchè non gli scappasse una sillaba dei grandi segreti di cui era depositario.

Infatti lui negli scaffali dello studio ci aveva chiusi nelle buste gialle e accuratamente classificati gli in-ventari dei patrimoni e dei testamenti di tutti i capi di casa delle famiglie principali. E ci doveva avere anche quello di Martino perchè un uomo in quel modo a mani vuote dall'America non era tornato di certo.

Questo Martino poteva dirsi un tipo strano. Orbo, da quell'unico occhio rimastogli in testa ci vedeva per quattro, e non apriva mai bocca.

Quando era giovine faceva il maestro muratore e guadagnava bene, ma se li giocava tutti, fino all'ultimo centesimo con una ostinazione particolare. Finchè avendo perso anche gli aghetti delle scarpe senza riuscire mai a vincere una partita, (proprio nemmeno una!) volle giocare sulla parola e s'impelagò al punto che, perduta la testa, tirò una le-gnata all'avversario accusandolo d'averlo truffato e gli toccò poi a scappare, di notte, come un ladro, e coi pochi soldi potuti racimolare dalla compassione d'un ingegnere per conto del quale lavorava, raggiun-se Genova donde, non si sa come, riescì ad emigrare nell'America del Sud. E per venticinque anni non si seppe più nulla di lui.

Un bel giorno i paesani lo videro ritornare. Se non avesse avuto i capelli bianchi avrebbero creduto che fosse andato via il giorno prima, da tanto era sempre lo stesso, senza nulla di mutato, vestito come al solito con un bell'abito di panno scuro, pulito.

Martino a chi gli faceva festa e gli domandava di dove veniva e che cosa avesse fatto, non rispose, fe-dele alla sua vecchia abitudine. Guardava tutti col suo occhio celeste, un po' trasognato, ma la bocca pareva sigillata. Poi dette una crollata di spalle ed andò a suonare il campanello del notaro.

Il signor Giuseppe, dalla morte della moglie in poi, era sempre stato solo in casa.

I pasti li prendeva in trattoria, d'inverno in una stanzuccia terrena dove l'oste teneva le gabbie di quando andava al capanno, fra il puzzo della farina di bacocci e l'odore secco del miglio, e d'estate in un cantuccio dell'orto; non aveva mai avuto un mal di capo e l'Adelaide che gli rifaceva la camera e gli sco-pava lo studio, un'ora tutte le mattine, soleva dire: «Una volta o l'altra, entro e lo trovo stecchito».

Figuriamoci la meraviglia di tutti, quando il notaro ebbe aperto, e Martino fu sparito, ingoiato da quella porta verde che non si apriva altro che davanti ai contraenti e ai testimoni.

Dopo che l'Adelaide, la mattina di poi, ebbe finite le faccende e uscì di casa, venne assediata da cento persone; ma lei giurò che il notaro non le aveva dato neppure il buongiorno. Quanto a Martino l'avevano visto tutti, coi propri occhi, uscire di casa del sor Giuseppe, dopo una mezz'ora da che era entrato e andare a cenare in trattoria dove chiese una camera e gliela dettero.

E ora dove sarebbe andato a stare? Ma come avrebbe fatto? Perchè non era mica logico che stesse sull'osteria per tutta la vita?

Problemi angosciosi che tenevano l'intero paese perplesso.

La sera, in trattoria, dintorno alla tavola di Marti-no, che cenava, c'era un circolo di gente come attorno alla sonnambula; parecchi erano montati ritti perfino sui panchetti e gridavano a quelli i quali via via so-pravvenivano, di fare ammodo, che non volessero farli capitombolare di sotto.

Martino però quella volta pareva ci si divertisse. Non rispondeva a nessuno, ma ogni tanto alzava il suo unico occhio celeste, e guardava in giro tutta quella folla curva su lui, poi seguitava a mangiare con appetito.

Qualcuno propose, giacchè erano in tanti, d'offrir loro la cena al paesano tornato di fuori. Si degnasse d'accettare.

Martino alzò l'occhio celeste e, con un piccolo ge-sto di degnazione, acconsentì.

Fu un urlo. Vennero messi in tavola due fiaschi di vino e tutti vollero bere alla salute del reduce, vollero toccar con lui.

– E così..... raccontateci, su.

– Ma cosa volete che vi racconti?

– Quanto è grande l'America?

– Per saperlo bisognerebbe averla girata tutta!

– È giusto! Dice bene..... ma..... press'a poco com'è fatta? a che paese rassomiglia?

– Mah; il mondo si somiglia tutto. Laggiù ci sono i fiumi più grandi dei nostri e i boschi più folti.

Alla fine, della cena, qualcuno a cui la domanda bruciava da un pezzo le labbra, la cacciò fuori d'un fiato:

– O..... non ci date d'impacciosi, ma che ci andaste a fare ieri sera dal sor Giuseppe, notaro, si può sape-re?

Martino alzò l'occhio celeste e rispose, candida-mente: Ma... quello, su per giù, che dai notari si va a far tutti... a depositare il mio piccolo testamento. Vo-levate me lo portassi sempre con me?

Nessuno fiatò più e Martino, di lì a poco, pieno di cibo fino al gozzo, se ne andò a letto, lasciando quelli a chiacchierare, ammiccandosi, a voce bassa fra loro.

Il giorno dopo vennero, a cercarlo da parte di certi signorotti che portavano il suo stesso casato, pre-gandolo se, per favore, poteva arrivarci un momento.

Martino si fece la barba, si spazzolò il vestito di panno nero, e ci andò.

Fu ricevuto con molta cortesia, e pregato di restare a pranzo. Eran gente ricca, ma taccagna, di quella gente che abita in certe case sempre ermeticamente chiuse dove non si vede mai entrare nè uscire nessu-no.

Avevano lo stesso casato di Martino; ma parenti non erano, nemmeno alla lontana; nonostante il capo della famiglia, a tavola, spiegò a Martino che siccome i capostipiti delle due famiglie (due secoli prima, figu-riamoci!) erano fratelli, loro, essendo del medesimo ramo, si potevano considerare parenti.

Perchè gli ultimi, malgrado che uno zio carnale fos-se morto scapolo in modo che il fratello d'uno sbizio aveva perso i diritti del ceppo, risalendo ai ricordi del nonno buon'anima, acquistavano la certezza di po-tersi chiamare, sia pure in ultimo grado, cugini.

Martino si dichiarò persuaso e, bevuto il caffè, e seguito dai suoi ospiti, andò a vedere l'orto e i pode-ri.

Strada facendo lo tastavano, senza parere, per ve-dere di che panni vestisse sotto.

– Ora che siete venuto, mi figuro, non vorrete star solo!

– Una donnuccia vi ci vorrà!

L'unico occhio di Martino si sbarrava smisurato e celeste, sotto il sopracciglio folto punteggiato di qual-che pelo già bianco.

La meravigliata indignazione di quella pupilla era talmente sincera che gli improvvisati parenti ne rima-sero commossi, tanto che sentirono il bisogno d'invitare Martino anche a cena.

In campagna le cene sogliono finire tarduccio e quella sera il vino mise un tal sonno addosso a tutti che Martino fu consigliato a trattenersi a dormire. Per farla corta diventò in pochi giorni, di casa; i vecchi dicevano che con quell'occhio solo riparava per tut-to, i ragazzi, ormai, non potevano più stare un minu-to senza di lui.

Per farla corta, un bel giorno, mentre erano a ca-valluccio sul muricciolo dell'aia, il nonno che strap-pava fili d'erba dalle commettiture dei mattoni e li masticava macchinalmente, chiese, a bruciapelo, a Martino: Se si facesse un vitalizio?

Martino sbarrò la pupilla celeste e si grattò, col mignolo della sinistra la testa. E la sera stessa andò via, tornò in paese a dormire sull'osteria.

Ma vennero a riprenderlo, gli si raccomandarono perchè tornasse con loro, come anime perse. Non avrebbero parlato più d'interessi, neanche per burla; si considerasse come in casa propria, non facesse ai suoi cari parenti l'affronto di lasciarli così.....

Martino ingrassava a vista d'occhio. Stomaco di ferro, serenità di spirito, nervi a posto, pareva fatto per l'eternità.

Si provarono a chiedergli se voleva occuparsi delle faccende dei poderi...

Rispose: Grazie ho lavorato abbastanza, lag-giù..... e son tornato per riposarmi.

Un'altra volta uno dei ragazzi, più ardito, si provò a domandare allo zio (lo chiamavano, ormai, tutti co-sì) se in America si guadagnava molto.

– Si guadagna e si spende di molto – rispose Mar-tino – che cosa diresti se ti confessassi che quando mi sono imbarcato per tornare avevo in tasca sì e no, per mezzo milione di reis?

Il ragazzo più tardi, interrogato da quelli di fami-glia, provò inutilmente a cercare di ricordarsi il nome strambo di quei misteriosi quattrini americani, ma si ricordò benissimo della cifra – mezzo milione! – la quale fece su tutti una profonda impressione.

Anche in paese ormai, non si faceva che parlare della gran fortuna capitata ai fratelli Serrati e delle grandi ricchezze di Martino.

Certo gliele amministrava il sor Giuseppe notaro, avviato verso la decrepitezza, perchè le visite di Mar-tino al vecchio misantropo legale si facevano sempre più fitte e ormai tutte le sere l'orbo scendeva in pae-se, e bussava al portone verde che lo inghiottiva e non lo restituiva che a notte alta.

Martino non spendeva mai un soldo. Soleva dire che non ne portava in dosso apposta per non li spendere..... ne aveva buttati via tanti, in gioventù, che ormai i denari non li poteva neppure sentir ram-mentare.

Ma i Serrati erano tutti contenti, pensando a quel che si veniva accumulando sui misteriosi depositi di Martino, di frutti dei frutti dei frutti! Uno sterminio di certo!

Una brutta sera d'inverno Martino, mentre a tavo-la beveva l'ultimo bicchiere, annaspò un po' colle mani in aria, infine cascò in terra di schianto trasci-nando nella caduta la tovaglia a cui s'era istintiva-mente aggrappato, coi piatti e ogni cosa.

I nipoti intorno al letto, lo circondarono, e Martino li guardava tutti ansando, sorretto da quattro guan-ciali, coll'occhio celeste sbarrato.

– Volete il medico?
– Volete il prete?
– Volete il notaro?

L'occhio celeste pareva ridesse, nella faccia storta, cotta dal sole, a qualche ricordo lontano.

Quando fu spento, senza che Martino avesse potu-to pronunziare, una sillaba, galopparono dal notaro.

Il sor Giuseppe li ascoltò attentamente, poi si ri-servò di mandarli a chiamare quando avesse espleta-to tutte le pratiche per sapere se ci fossero altri pre-tendenti all'eredità.

Le pratiche furono lunghissime e durante tutto questo, tempo i Serrati fecero celebrare un bell'uffizio e fecero murare una lapide, dettata dal signor Propo-sto, allo zio, «pioniere di civiltà» nell'America latina, «morto sereno com'era vissuto, sorridente alla visio-ne lontana della patria vittoriosa».

Allorchè fu inaugurata, su nei «posti distinti» del piccolo cimitero del paese, piangevano tutti.

Spirava un anno preciso dalla morte di Martino quando il notaro mandò a chiamare i Serrati.

Al loro ingresso nello studio il vecchio misantropo s'alzò in piedi, solenne. Il fiocco di seta della papali-na nera a ricami rossi e d'argento gli scendeva sulla lente dell'occhiale sinistro e di dietro a quella del de-stro una pupilla tonda come il centro d'un bersaglio fissava gli astanti che trepidavano, pieni di timore per la maestà del rito.

Il signor Giuseppe prese una busta arancione, e lesse: Testamento di Martino Serrati.

Lacerò la busta, ne levò fuori e svoltò un gran fo-glio di carta gialla da impacchi piegato in quattro..... fece vedere agli astanti che dentro non c'era nulla, poi cadde a sedere stringendosi nelle spalle e allargando le braccia.

Rimasero tutti in silenzio per una diecina di minuti, poi qualcuno, azzardò sottovoce: Ma... o tutte le sere, da lei cosa ci veniva a fare Martino

Il notaro esitò un poco, poi stese la mano destra, aprì un cassetto e mostrò agli eredi sbalorditi un mazzo di carte da giuoco tutte unte.

L' AQUILA

Il mio ottimo amico Aristide poteva essere conten-to di sè.

Le sue teorie sulla necessità e sulla bellezza dell'eroismo, non solo mi avevano interessato, ma entusiasmato e convinto.

E quando egli ebbe concluso: «È meglio vivere una settimana da aquila che cento anni da polli!» non seppi far altro che assentire con tutti i mezzi di cui potevo disporre.

Si era da due settimane in villeggiatura su quelle montagne, dove io mi raccoglievo, dopo un'invernata e una primavera, infernali per il lavoro snervante, in un meritato riposo, e lui dipingeva, con la sua manie-ra larga e comprensiva, vette smaglianti di gemme contro cieli d'una luminosità bizantina, ed ogni cosa contribuiva a sollevarci l'animo, ad esaltarlo.

Ambedue, per lunga consuetudine fra i nostri dis-simili, conoscevamo a puntino i risultati dello sfibramento intellettuale delle razze moderne disperata-mente in traccia di qualche cosa al di fuori di loro, e si sapeva che ognuno cerca di gridare più forte dell'altro per nascondere la propria impotenza, che il nuovo non è che un travestimento del decrepito, il mondo un vaglio dove i chicchi sani non si discerno-no da quelli bacati altro che quando ne sono schizzati fuori e l'eroismo puro e vero non può essere che soli-tario e sdegnoso.

– È per questo – seguitava accalorandosi Aristide – che io, nel vecchio adagio citato poco fa, ho sostituito l'aquila al leone.....

– Già... non ci avevo posto mente... e perchè?

– Ma perchè il leone s'addomestica, caro mio..... l'aquila no! È per questo che mi fanno ridere i pulci-nella dell'arte nuova quando gridano contro il simbo-lismo così necessario alle «masse»..... Che cosa vor-rebbero sostituire alle decorazioni delle bandiere e dei vessilli? Vuoi qualche cosa di più espressivo dell'aquila?

Eppure se tu leggi gli articoli di tutti questi critici, che il Governo dovrebbe mandare a colonizzare piut-tosto l'Eritrea, non senti che frasi di questo genere: Basta con le aquile! Basta con le Italie turrite, e via dicendo. E invece io ti dico che la forza degli ideali, per le moltitudini è nel simbolo e che non solo non si può farne a meno, ma non giova neppure cercar del-le sostituzioni, tanto più che il popolo capirà sempre che cosa vuol dire un'aquila, mentre non si entusia-smerà mai per un pellicano.

– Però il pellicano.....

– Meraviglioso simbolo d'eroismo cristiano, che sta bene sulle crocifissioni di Luca della Robbia, ma non starebbe bene sulle bandiere dei reggimenti. Il soldato deve dare, sì, il proprio sangue per la terra che l'ha nutrito, ma, se è possibile, deve prima cercar di versare quello del nemico!

– È giusto. Ma con codesta teoria, tu, artista di fine buon gusto, vieni in certo modo a giustificare tutti i mediocri monumenti che da ogni parte s'innalzano ai nostri grandi caduti...

– Niente affatto, perchè io affermo che non si deb-bono mutare i simboli dell'eroismo, ma affermo an-che che bisogna artisticamente trovare una loro espressione, nobile, pura. Un'aquila egiziana od assi-ra non somiglia mica all'aquile di terracotta che star-nazzano sui cancelli di certe ville! Eppure si tratta dello stesso animale! Vedi, io voglio dipingere un'aquila; ma ho bisogno di studiarla da vicino, di penetrare nella sua grandezza istintiva, di osservare, minutamente, la ferocia aristocratica di questa bestia che si solleva sul volgo degli altri animali. Voglio, in-somma, comprendere i caratteri essenziali della bestia più nobile del creato.....

– Ma è un assassino.....

– Anche il guerriero uccide.

– Ma il guerriero uccide un nemico armato come lui, mentre l'aquila uccide animali deboli, indifesi.....

– Si nutre di serpenti (ecco un altro simbolo!) schiaccia la testa alle gazze ciarliere.....

– Sgozza gli agnellini... i cerbiatti...

– Si batte col cervo padre, quando ha fame...

– S'adatta ai coniglioli, ai polli.....

– Lotta anche coll'uomo!

Adagio, adagio, come succede a ragionar troppo, le nostre idee cominciavano a cozzare fra loro, pure es-sendo concordi sul tema fondamentale della bellezza e della necessità dell'eroismo; ma in quel mentre, dalla terrazza della trattoria dove s'era finito di pranzare, scorgemmo una folla di gente sullo stradone dei ci-pressi e precisamente vicino alla villa del Conte F.....

– Se si andasse a vedere che cos'è successo? pro-posi per troncare la discussione.

– Andiamo pure.

Il fattore, che aveva chiusi i cancelli, vedendoci confusi fra moltitudine vociante e pigiata contro i fer-ri, ci fece, cortesemente, cenno d'avanzare e, socchiu-so uno dei battenti, c'introdusse nel parco.....

– Vengano pure.... tanto il signor Conte non c'è e per quest'anno pare non venga più... è all'estero con la figliola e col genero.....

» Si tratta di una rarità..... un boscaiolo sul Monte Aguzzo ha trovato un'aquila viva.....

– Un'aquila? – urlò Aristide con la voce stroncata dalla commozione.

– Sì, era stata ferita all'ala da un cacciatore il quale probabilmente non l'ha più potuta ritrovare per quei burroni e deve essere stata colpita parecchio tempo fa perchè la piaga è mezza cicatrizzata. Ma ha un tendi-ne spezzato e l'aquila, non potendosi più rialzare, moriva di fame.

– O..... non s'è ribellata?

– Altro che! Per quanto estenuata dal digiuno, ha voluto la sua parte, e il montanaro ci ha rimesso un dito.

– Meno male! – non potè fare a meno d'urlare Ari-stide, e, perchè il fattore lo guardava sorpreso, segui-tò terminando d'esprimere, e correggendo il suo pen-siero: – Meno male! perchè se no, avrei dovuto crede-re che invece di un'aquila si trattasse di una gallina.

– Eccola, guardino. Per fortuna ci s'aveva questa gabbia, dove prima che morisse stava una lupa.....

– Feroce?

– Oh! no..... io le porgevo il cibo sopra il palmo della mano.

– Vedi? anche il lupo si addomestica..... ma l'aquila, neppure per idea! Bella, bellissima... esem-plare stupendo..... veh, come irrigidisce le penne..... e si sbatacchia, e guarda bieca, e soffia, e drizza quel ciuffo sul cranio che pare la cresta del cimiero d'Achille! È superba. Senta, fattore, mi permette di disegnarla?

– Si figuri! Venga quando e quante volte le pare.

– Mille grazie; profitto subito.

Aristide volò via e ritornò subito armato di una gran tela e di carbonella, e mi disse, strizzandomi l'occhio: – Oggi la schizzo... domani ci ripenso e se la linea è quella che cerco, la grande linea eroica, la di-pingo e la mando al Salon.

– Al Salon?

– Tu, vedi, per tua regola, non hai un'idea di quello che voglio fare. Il solito eroe, il solito soldato, il soli-to gladiatore, il solito genio? niente! un'aquila sde-gnata d'esser prigioniera, così, affamata, sparuta, ar-ruffata, feroce, invincibile, irriducibile e grande. E in-titolerò questa tela simbolica e verista: Eroismo.

E si pose al lavoro.

Tutte le volte che si accostava per studiar meglio la bestia, questa batteva zuccate nella gabbia, s'aggrappava ai ferri con gli artigli formidabili, ro-teava l'occhio in modo impressionante, era bella. A metà del lavoro, scusandosi molto, il fattore venne a portare all'aquila un gran pezzo di carne fre-sca.

Ci si buttò con furore, la divorò sbattendo l'ala stroncata e quella buona, poi, rinvigorita, s'agitò di nuovo fra le sbarre, come un demonio, col becco aperto da cui si vedeva la gola rossa, infuocata.

Aristide si sdilinquiva alla guisa di un'isterica; tan-to da poterlo credere (chi non l'avesse conosciuto) insincero..... Pareva una dama intellettuale nell'atto di ammirare un quadro o un pezzo di musica dove non ha capito nulla.

Io chiesi, imprudentemente: E..... da bere non glielo date?

– Bere all'aquila? – urlò Aristide, dandomi un'occhiata che mi fece arrossire fino alla radice dei capelli. – Sei pazzo? Il simbolo dell'eroismo si disse-ta col sangue.

Non parlai più: ma il giorno dopo mi munii d'una sportellina piena di carne cruda e per tutto il tempo che Aristide disegnò (perchè aveva ricominciato il la-voro avendo veduto l'aquila sotto un nuovo aspetto) non feci che buttare pezzi di ciccia al volatile feroce.

Il terzo giorno il rapace fu quietissimo e si sforzava tanto a tendere il collo fuori dei ferri del gabbione per chiedermi la ciccia, che m'azzardai a porgergli qual-che pezzo di carne sul dorso del mio pugno chiuso. Il quarto giorno, Aristide, aprendo la sua cassetta, grande come un organino di Barberia, mi disse: Oggi metterò mano ai pennelli: la linea è giusta, ci manca la dinamica, ma quella me la darà il colore.

E cogli occhi fuori di testa, sotto l'impulso dello spirito che, interiormente, fiammeggiava d'eroismo facendolo sprizzare da tutti i pori del fantasioso pit-tore, il mio amico cominciò a mescolare sulla tavo-lozza le tinte.

Quando alzò gli occhi per posare la prima pennel-lata cacciò un grido e rimase a mezzo gesto, paraliz-zato dal terrore e dall'indignazione.

L'aquila, con tutto il collo allungato fuori della gabbia, a guisa di cappone, beccava un brincello fi-lamentoso di carne sulla palma della mia mano de-stra, aveva le penne raccolte, lisce come quelle d'un corvo, tanto da parere avessero perduta perfino la lu-centezza, il capo senza il solito ciuffo ritto e gli occhi lustri d'una bramosia la quale non aveva nulla che vedere colla ferocia.

Aristide prese più cappello di quel che potessi ave-re immaginato.

Chiusa la cassetta con rabbia, dopo averci riposto i pennelli, e agguantata la tela dove aveva schizzato l'uccello a grandezza naturale, se ne andò a gran pas-si.

Io stentavo a seguirlo, mortificato e in silenzio, do-lente di avergli dato un dolore.

Si oltrepassò così il cancello e, invece di batter lo stradone, Aristide prese da una scorciatoia per i campi, da tanta era la sua furia di arrivare all'albergo e di sfogarsi, naturalmente, con me.

Ma arrivati all'aia di un contadino, ci arrestammo tutti e due colpiti da uno strano spettacolo.

Sopra uno spiazzo deserto di gente, un branco di polli, rannicchiati l'uno contro l'altro a piè d'un pa-gliaio, starnazzavano le penne, come tremando, e ge-mevano con suoni di voce quasi umani.

Nel cielo si librava, ma ad una altezza relativamen-te bassissima, un enorme falco, un vero «falcone» col petto macolato di giallo e di nero come la pelle d'una pantera.

Sotto al rapace, una grossa chioccia con l'ali spa-lancate, cuopriva i pulcini d'oro che facevano capoli-no dalle piume gonfie, e aspettava l'assalto col becco aperto.

E come il falcone piombò, a un tratto, a guisa di una palla abbandonata al proprio peso, la chioccia sostenne l'urto, anzi lo prevenne, balzando, con uno sforzo, incontro all'aggressore che beccò, disorien-tandolo.

Poi ricadde ad ali spiegate sulla peluria dorata che palpitava sotto di lei.

Aristide, paralizzato dall'ammirazione, lasciata ca-dere la tela, mi stringeva un braccio sino a farmi ma-le, ma poichè il falcone rinnovava l'attacco, io spez-zai l'incantesimo lanciandomi innanzi e liberando la gallina.

– Ecco! – gridai ad Aristide, trionfante: – ecco il vero «eroismo» senza pose guerriere, l'eroismo dell'infinitamente debole contro l'infinitamente for-te..... dipingi questo soggetto e mandalo al Salon con quel titolo!

Aristide con il capo ciondoloni e il ciuffo spioven-te, pareva il crocefisso del Chiacchiera, a cui cadevan le braccia!

Rispose con un fil di voce: Impossibile! Soltanto quel che non è vero è bello, e soltanto quel che è bello può essere esaltato. La goffaggine della gallina, la quale difende così valorosamente il suo nido, la mette in sottordine all'aquila maestosa la quale, invece, mangia il fegato di Prometeo, pagata da Giove.

E il giorno dopo cominciò a dipingere un'aquila a memoria, ma per quanto facesse la bestia pigliava un'aria di pollo talmente ridicola che dovè finire col non farne di nulla. E non me l'ha più perdonata.

LA FARFALLA

In campagna; una sera, dolcissima, d'estate. Di fuori, nell'orto, le piante dormono e il lume della luna, al suo primo quarto, ostinatamente si infiltra do-ve la ramaglia è più folta a svelare il sonno di qualche cincia addormentata col capo sotto l'ala e un occhio vigile; ma si svegliano invece i grilli, che accordano, uno di qua e uno di là, i violini in sordina, parodia dell'orchestra, nel teatro ancora all'oscuro, mentre il loggione già mormora e le poltrone e i palchetti aspettano invece con le mascelle spalancate e vuote la loro preda umana.

Sulla tovaglia bianca, sbatte la luce gialla di un vecchio lume a petrolio, e accende il lampo insostenibile di un rubino nella pancia della bottiglia di Chian-ti piena fin quasi al collo.

Io fumo, torpidamente, il mio sigaro e mia moglie legge il giornale; abbiamo finito di cenare.

Mentre inseguo dietro le spirali del fumo, qualche sogno indistinto, cercando, invano, di dargli un nome e una forma, a un tratto, nel girare gli occhi, vedo, sulla camicetta bianca di mia moglie un insetto.

È una farfalla, così piccola, così tenue, che sembra una pagliuzza d'oro nell'ombra; ma quando, anelante la luce, si sposta verso una piega dove il chiaror della lampada accende un riflesso, si rivela quale veramen-te è: tutta d'argento, tessuta di sottilissima, serica trama d'argento.

Le due lunghe ali chiuse sul corpicciuolo invisibile, formano un triangolo scalèno, perfetto, di cui il verti-ce è costituito dalla testina microscopica armata di due antère impalpabili.

– Hai una farfalla sul petto!

La mano esile si muove con precauzione, ma la far-falla sfugge, lasciando sul palmo una traccia di lima-tura d'argento.

L'insetto si slancia con volo concentrico verso la lampada, entra sotto la grande cupola incandescente della campana di maiolica, e si scotta, per la prima volta, alla pancia dello scartoccio arroventato.

Cerca, un istante, il refrigerio di uno dei bracci d'ottone che sostengono il lume, poi ricade silenziosa sul bianco lucente della camicetta di battista. Delle pieghe mutevoli ha scelto quella più direttamente in-vestita dalla luce, ma è la fiamma che le occorre, e prevenendo il moto rapido della mano tesa a ghermir-la, la farfalla s'è di nuovo slanciata nel vortice del vo-lo, verso la fiamma.

È quel fuoco a cui tende; vestito di luce e nato nell'ombra, il pallido fiore alato della notte non ha al-tro scopo alla sua effimera vita, se non di godere di-speratamente, immergendosi nel bagliore illusorio e spasimarvi, un attimo solo, di voluttà mortale.

Ancora una volta il vetro infuocato respinge l'insetto.

La violenza del volo lo fa cadere sulla tovaglia, ri-verso, gli occhi disperatamente rivolti alla luce, bat-tendo le zampine in un convulso spasimo erotico.

Si rialza, rivola, ma ormai la farfalla è stanca e percossa.

L'attira di nuovo l'immacolata neve della battista vibrante al riflesso.

In quel minuscolo organismo primordiale è la stes-sa ansia gigantesca, è la medesima volontà eroica, posseduta dall'animale perfetto, dall'uomo, quando si scaglia verso il sole, sulle cime dell'Alpi rifrangenti d'ogni intorno la luce, o s'accascia, sfinito, sul bian-core accecante del ghiacciaio, con gli occhi alzati al piropo incandescente che flagra nei cieli, di là dall'ultima cima.

Ora si vedono gli occhi, simili a due piccoli punti neri, d'un nero lucente di perla.

Quale orafo saprebbe incastonare il riflesso raris-simo della luttuosa perla orientale in un gioiello di così raffinata eleganza?

La farfalla posa, aggrappata allo sboffo della cami-cetta, e palpita, ripigliando le forze per nuovi tentati-vi.

Pare che, inebriata dalla visione suprema, voglia assaporare il tormento in tutti i suoi più squisiti par-ticolari prima di abbandonarsi alla morte.

Intanto la pallida mano sale, insensibilmente, verso l'insetto che non si avvede di nulla.

I suoi occhi sono imbevuti di luce.

I suoi sensi e la sua anima oscura naufragano nella luce, cercando il superamento di quell'estasi abbagliante, nella congiunzione coll'essenza medesima del-la luce, nell'annientamento totale, in mezzo alla fiamma, che è la vita e che è la morte, che alimenta e che dissolve, che è principio e fine insieme.

Di là da queste due ragioni numeriche è la terza ci-fra incognita del mistero universale chiuso nella for-mula dispari della cabala perfetta.

La tragedia della farfalla, dove mi par di vedere la tragedia dell'umanità (chiusa nella sua prigione di te-nebre, anelante, fra il bene e il male, alla luce eterna della perfezione immutabile) mi appassiona al punto che, tralasciato il fumare, io seguo i movimenti dell'insetto colla curiosità morbosa colla quale cer-cherei sul volto di un condannato a morte i segni dei moti interiori.

Ma questa condannata è una volontaria della mor-te, insensibile a tutta l'immensità che la circonda, nel-la volontà, disperata, di ottenere la gioia suprema.

La mano di mia moglie sta quasi per aprirsi, a ven-taglio, sul vivo gioiello d'argento.

La farfalla non vede le formidabili creature curve a spiarla; ignora che non vedrà più luce quando l'ombra finirà di stendere l'ala cerulea sopra di lei.

– Vedi – osservo a mia moglie – fra te e codesta farfalla c'è la stessa differenza che passa fra noi e Dio.

» Ella non concepisce e non giunge a veder te, esse-re perfetto, in confronto a lei, più di quello che noi possiamo concepire o vedere Iddio, essere perfettis-simo in confronto a noi... E tu la tieni ed Egli ci tiene in grembo.....

La mano s'è chiusa sopra l'insetto, delicatamente.

Di fra il pollice e l'indice egli sfugge, di nuovo, su-bito, senza sforzo alcuno.

E questa volta non esita più.

Il volo concentrico porta la farfalla immediatamen-te sopra l'apertura dello scartoccio.

Batte il ventre contro il taglio del vetro bollente e ricade sull'orlo tondo della campana, da cui scivola giù, come un corpo morto, dalla rigonfiatura dentro all'orlo del cerchio di sostegno.

Si rialza subito e torna alla carica, volando due volte intorno al fuoco che di fondo al tubo lucente e radioso la invita.

Tutto il polline delle ali s'è dissolto al calore, la farfalla è obbligata ad attaccarsi ad un anello della ca-tena, donde può ancora fissare, benchè un po' di sbieco, la fiamma.

La vicenda drammatica ci interessa al punto che, tutti e due, io e mia moglie, seguiamo in piedi, coi volti protesi, le mani appuntate sulla tavola, i movi-menti della farfalla.

Ma siamo all'ultima scena del dramma.

Ad un tratto la farfalla si stacca dalla catena piom-ba sull'orlo dello scartoccio e precipita, a picco, in mezzo al fuoco con cui s'immedesima, scomparendo nel nulla.

Per una frazione infinitesimale di secondo ella ha contribuito ad illuminarci.

L'insetto, espresso dall'ombra, ha finito col tra-sformarsi in luce.

Tutto è consumato.

Mia moglie si guarda, sul polpastrello del pollice, una tenuissima traccia di limatura d'argento.

Io riaccendo il sigaro, incapace di pensare o dire qualcosa.

Spengiamo il lume e si esce in giardino.

La luna è tramontata dietro le piante nere.

Piena, concorde, la violinata dei grilli si slancia nel cielo, aspirando alle stelle.

FORMICOLE

Mia moglie mi chiamò, spaventata, e mi fece vede-re che il salottino da pranzo della nostra modesta ca-setta di campagna era stato invaso dalle formicole.

Il solleone ardeva in tutta la sua forza feroce e le pareti della piccola abitazione bianca, lampeggiante in cima a un cocuzzolo tra la nebbia violetta degli oli-vi, pareva tremassero al frenetico scampanellare delle cicali esultanti.

Le formicole, evidentemente, avevano da varii anni tracciato le loro ingegnose gallerie fra il pavimento e il principio delle fondamenta, traverso le commettitu-re delle pietre e dei mattoni, e soltanto quel giorno, abbattuto l'ultimo velo di calcina, di sotto al gradino della soglia, erano sbucate nel salottino da pranzo.

Una catastrofe; perchè c'era il caso di veder la di-spensa invasa dal piccolo esercito vorace.

Si trattava di quelle formicole, rosse e piccine, che, stuzzicate, arricciano il dorso come fanno con la coda gli scorpioni; e sono le più forti, in confronto della lo-ro statura, fra le diverse razze conosciute, e le più ve-loci; formicole guerriere e capaci di ordinamenti so-ciali cooperativi e di piani tattici da sbalordire un ge-nerale; intelligenze, insomma, che parrebbe inverosi-mile potessero albergare in teste così microscopiche.

In casa mia l'abitudine di uccidere le bestie, benchè io sia, a tempo perso, anche cacciatore, non è molto radicata.

Mia moglie piuttosto che schiacciare un ragno o una mosca preferirebbe subirne il contatto; ma io so-no molto meno francescano e, quando posso, libero i cantucci dagli ospiti importuni. Com'è naturale, que-sta mania di eliminare i parassiti dai pavimenti e dai muri non si estende egualmente nei riguardi di tutti gli insetti...

In verità c'è troppa differenza tra un'irsuta scolo-pendra e un languido grillo del focolare, perchè io non spiacchi coscienziosamente la prima e non ri-spetti il secondo. Eppoi la scolopendra rappresenta la creatura che bisogna sopprimere, il grillo quella che bisogna aiutare. Io ho sempre sperato che i poeti veri e le persone buone dovessero un giorno esser mantenuti a spese dell'erario il quale, data l'assoluta rarità del genere, non anderebbe di certo in rovina.

Ma su quale piano di valori avrei dovuto classifi-care le mie formicole rosse?

Meno male si fosse trattato di formicole coll'ali; in tal caso, data la parentela con le mosche, la spiaccica-tura diventava legale. Però, trovandomi dinanzi alle classiche formicole operaie, così affaccendate, così previdenti, così instancabili, tutti i luoghi comuni, imparati fino dalle scuole elementari, sul rispetto do-vuto alle così dette «creature del buon Dio» affiora-rono alle nostre labbra e, pur senza ripeterli, io e mia moglie, colle mani in mano, perplessi di fronte all'andirivieni di quella folla in miniatura che entrava, usciva, si fermava a confabulare, accettava ordini e ne impartiva, spariva, con un grano di miglio tra le mandibole, sotto il pavimento della stanza, e ne riu-sciva per lanciarsi ancora in cerca di buona preda, ci si guardava in faccia senza pigliare un partito.

Di dove saranno venute quelle formicole? Certa-mente le gallerie si incrociavano in tutti i sensi sotto il pavimento che garantiva la colonia dal pericolo dell'umidità, ma non bastando alle colòne l'ingresso, esse erano pervenute, a furia di zampe e di mandibo-le, a tagliare una strada la quale finalmente, mercè una impercettibile apertura praticata sotto lo scalino, aveva sboccato nella mia stanza da pranzo.

Ora le bestioline trovavano la via, libera: una spe-cie di sentiero circolare che permetteva loro l'accesso dal giardino ai magazzini invernali, donde senza l'incomodo di tornare indietro e di dovere, per conse-guenza, tracciare altre strade, uscivano comodamente per quel corridoio che sfociava, come si è detto, nella mia modesta stanza da pranzo. Intanto mentre sta-vamo guardandole, le indemoniate formiche parevano moltiplicarsi, e constatammo come della schiera fa-cessero parte anche certe formicole, più grosse e più scure, alle quali tutte le altre obbedivano.

Seguimmo la traccia che in pochi giorni aveva fat-to, per lo spessore di un breve nastro, impallidire lie-vemente il pavimento di rossi mattoni e constatammo come dal salotto, attraverso l'atrio, le formicole si sparpagliassero per la cucina e, scendendo due gradi-ni, in giardino.

La traccia del giardino, però, non continuava tra le aiuole, ma piegava essa pure dove la mèta suprema era costituita dalla cassetta della immondezza, vera miniera aurifera di cui le formiche rosse, nere ed alate di tutta la regione si contendevano il possesso. Ma le rosse la tenevano saldamente ed ogni volta che qual-che pattuglia rivale giungeva in avanscoperta, veniva immediatamente presa d'assalto e, dopo brevissima lotta, le sue componenti ingombravano, morte, il ter-reno o fuggivano zoppe e sdrucite.

Mia moglie ed io stavamo scambiando le nostre osservazioni senza nulla decidere, quando arrivò il muratore, col quale dovevo far certi conti, e lo invitai subito a cercar rimedio all'inconveniente.

Il muratore si mise a ridere e disse:

– Ora ci penso io, a liberarli da questo flagello.

– Ma – interruppe mia moglie – non vorrei che sof-frissero..... sono bestioline così intelligenti.....

– Le crede intelligenti, lei?

– Diamine! mi par chiaro, no? Ammazzarle po-trebbe portarci disgrazia.

– Disgrazia gliela porterebbero se le lasciasse mol-tiplicare..... non salverebbe neppure le frutte che tiene in cantina, a maturar sulle stoie... Dieno retta a me, si rimettano a quel che fo io..... Hanno, per piacere, un poca d'acqua di ragia?

Corsi a pigliar la bombola nello studio dove tengo gli arnesi per dipingere e la porsi al muratore; questi, intanto, sdrusciò il piede sullo scalino e spiaccicò un centinaio di formicole.

Io mi curvai per vedere quel che avvenisse.

Ancora non avevano capito; qualcuna andò addi-rittura, seguitando a percorrere la sua strada col chic-co e colla festuca fra le mandibole, a cacciarsi sotto la scarpa micidiale.

Infine, come videro i mattoni seminati di cadaveri, parvero accorgersi che intorno a loro si moriva e pre-sero a scappare alla rinfusa, urtandosi e accavallan-dosi l'una sull'altra..... ma dovunque il piede ineso-rabile le raggiungeva e ne cancellava il ricordo.

Qualcuna ne vidi stecchita, serrando ancora la pre-da tra le mandibole chiuse.

E il muratore, in bilico sopra una gamba ripiegata, come è costume degli operai, mi chiese che gli por-gessi la bombola dell'acqua di ragia, dicendomi:

– Loro credono che queste bestie abbiano capito qualche cosa? Ma nemmeno per idea! L'animale non capisce il pericolo che per lui si rappresenta noialtri, come noialtri non si capisce il pericolo che per noi rappresenta la vita stessa..... insomma l'animale non vede noialtri, troppo grandi perchè lui possa arrivare a distinguerci, come noi non si vede la morte che ci sta sopra, troppo grande perchè noi si possa arrivare a distinguerla. Non so se mi sono spiegato.....

– Anche troppo! andate avanti, andate avanti.....

– Può darsi che sbagli..... io sono un ignorante... ma, a me, mi fa l'effetto che anche noi si sparisca quando, generalmente, si comincia a dar noia... a chi non saprei dirlo... Ma insomma arriva un momento nel quale qualcuno dice: basta! e ci spiaccica.....

» Vede, queste formicole erano tutte contente, ave-vano tracciato le loro strade, avevano riempito i loro magazzini, cominciavano a sperare un'invernata coi fiocchi..... Dicevano fra loro: La provvidenza ci assi-sterà... si lavora... si prospera... si è previdenti... non si dà noia a nessuno...

» Nossignori! Davano noia a lei! e a un tratto si son sentite spiaccicare e, come non sapevano di dar noia a lei così non hanno saputo chi le ha levate dal mondo».

– O chi vi ha insegnato a filosofare così?

Il muratore con un sorriso bianco tra le labbra ros-se, sotto i baffi pepe e sale, prese dalle mie mani, sen-za rispondere, la bombola dell'acqua di ragia e ne versò un poca, con precisione matematica, nel buco delle formicole; aspettò alcuni istanti, poi, vedendo che più nessuna affiorava di sotterra, con un pizzico di gesso spento nell'acqua chiuse la microscopica apertura e si alzò in piedi.

– A me nessuno mi ha insegnato nulla – riprese – e non so neanche leggere..... ma ho fatto il soldato a Napoli e ho visto gli scavi di Pompei, e poi da ri-chiamato, la guerra sul Carso e costì ho capito che cos'è la morte.

» Che differenza ci trova, scusi, lei, fra quelle for-micole che ho murato nelle loro abitazioni dopo aver-le bruciate con l'acqua di ragia e quei disgraziati se-polti dalla lava?

» Così successe a quelli di Pompei. A un tratto, tanto qui, come laggiù, è battuto il terremoto, una forza soprannaturale ha scosso e sovvertito ogni co-sa, dentro le case è colata la lava ardente. Anche le formicole son crepate stringendo i loro tesori, tentan-do di mettere in salvo le loro ricchezze, come quella famiglia di cui si vedono gli scheletri, rovesciati, a bocca aperta, colle braccia davanti alle occhiaie vuo-te, dietro una lastra di vetro.....».

L'ora si andava facendo caldissima e su ogni fron-da cinerina d'olivo una cicala ubriaca di sole scoteva il cembalo senza respiro; tutta la campagna vibrava e squillava mentre l'aria tremante di calore sapeva di pòlline secco e di terra bruciata.

Il muratore ci condusse fino all'ingresso della gal-leria delle formicole rosse, affacendate, alacri, tran-quille.

– Le vedono? anche loro, come noialtri; tali e quali. Chi è rimasto vivo, chi è venuto dopo il cataclisma, hanno continuato a lavorare, a fabbricare, a metter da parte, a vivere sopra ai morti. È il nostro destino.

Nè io nè mia moglie si seppe che cosa rispondere: si seguitava a star lì, guardando, come se fosse la prima volta che si vedevano, le formicole intente a trasportar chicchi di frumento, grani di miglio, bricio-le di pane.....

IL GIOGO

Il Rosso spalancò gli occhi verdi, a un tratto, e a un tratto li richiuse. Una luce sfolgorante l'aveva abbacinato, chè il disco giallo di una enorme luna piena levandosi sulle colline basse di fronte, veniva quasi a empire la bocca rotonda della tana oscura e calda nel-la quale il bandito dormiva a metà della montagna.

Tuttavia si fece forza, apri e serrò sbadigliando le mascelle d'acciaio, poi cacciò fuori della buca le zampe anteriori e vi si appuntellò, tornando a sbadi-gliare, mentre si stirava voluttuosamente, e scuoteva, con gli orecchi, il torpore del lungo sonno.

La notte era rigidissima; il cielo levigato come un cristallo e nella valle lontana dove neanche un lume splendeva, i tetti dei due o tre abituri sparsi emerge-vano cupi in mezzo alla neve turchina che imbamba-giava tutto il gran vano racchiuso fra le montagne pallide screziate di nero dalle rocce e dalle abetaie.

Il Rosso si pentì subito d'essersi svegliato. Il fred-do intenso gli faceva sentire più atroci i morsi lunghi e rabbiosi della fame che gli dilaniava le viscere e, a testa bassa, cercando invano l'odore di una traccia, cominciò a calare a caso per la china senza sentiero evitando con l'istinto e con l'abitudine i burroni ma-scherati da parapetti di ghiaccio e cercando di riuscire a contare da quanti giorni avesse digerito il magro agnello perduto da chi sa qual branco nel rovinio di una fuga disperata davanti alla tormenta che aveva invaso i gioghi seppellendo uomini e cose sotto le sue ali sconvolte.

Ora il sereno tornava, il terribile sereno che spinge lunghe file di persone a spalare in mezzo ai piani, a rompere il ghiaccio lungo i torrenti e tappa le mandre nei presepi fumanti, che belano tutta la notte lunga dalle finestrucce rosse, in mezzo al paesaggio azzurro.

Ma non riuscì neanche a distrarsi, contando, nè a determinare con esattezza uno spazio di tempo qua-lunque; ricordava solo che, addormentandosi, dopo il pasto, aveva visto buio e udito i boati della monta-gna; che aveva divorato anche gli ossi, poi i brani di pelle dura come il corno e che, infine, s'era addor-mentato, annullato in un letargo che pareva non avesse avuto principio e non dovesse aver fine, col naso nascosto sotto una giuntura e un orecchio scar-tocciato verso la bocca della tana, dalla parte del ven-to.

Così riflettendo e lamentandosi, col pelo irto, i fianchi ansanti, le costole sporgenti come i denti d'un rastrello, la lingua penzoloni, stracco e accaldato peggio che di agosto, arrivò nella pianura e si fermò a sedere sull'anche magre, tirando di naso e leccando-selo e inumidendolo per sentir meglio.

C'era odore d'uomini, da quella parte, e odore d'uomini voleva dir trappole, bastoni, fucilate; ripen-sò all'eroismo di suo padre il quale piuttosto che ri-manere in una tagliola s'era rosicato lo stinco, rab-biosamente, ed era fuggito su tre gambe rigando di sangue la neve per lungo tratto; ma a nulla gli era valso il sacrificio, chè il sangue aveva guidato i cac-ciatori fino alla bocca dell'antro dove, dopo una bat-taglia onorevolmente sostenuta, cadde per non più rialzarsi, mentre la vecchia lupa metteva in salvo lui, il diletto della covata, buttandoselo sul collo, con le mascelle che sapevano afferrare con delicatezza e ga-loppando con una velocità ignota ai cavalli.

Il Rosso, come si vede, aveva conosciuto presto le peripezie della vita errante.

Mentre riandava così la sua vita trascorsa, un odo-re strano lo fece trasalire e scattò sulle quattro zampe coi peli del dorso rigidi scuoprendo i denti.

Incontro a lui galoppava un altro lupo, della sua stessa razza di certo, ma più piccolo di statura e più scuro di pelame.

Come furono a cento metri si riconobbero: eran fratelli! Ma quale differenza! Il nuovo venuto era grasso, fresco, assestatino, non pendeva un pelo; li-scio, rotondo, cogli occhi sfavillanti, la coda elegan-temente arcuata, gli orecchi diritti, l'accento cortese.

– Rosso!

– Grigio!

– Come stai?

– Male..... ho una fame spaventosa, incredibile..... e tu come te la ripassi?

– Ma..... benone, come vedi. Ho fatto or ora una satolla di ossi con certi pezzi di ciccia fresca attacca-ta..... e poi ho moglie, figlioli... di bei figlioli... vuoi vederli? vieni.

Il Rosso lo guardava con diffidenza rugliando sor-do.

– Ma dove mi porti? dove li hai i tuoi figlioli?

– Non ci pensare – hai paura che ti imbocchi in un tranello? Ti invito a cena con me – una buona zuppa d'ossi con degli avanzi di brodo e d'ortaggi cotti.

Il Rosso mandò un lampo dagli occhi e fece un sal-to innanzi.

– Che cos'è questo che tu rammenti, proruppe con isdegno, non sai ch'io sono carnivoro? per farmene che, di grazia, della tua minestrina da convalescenti? aspetta a primavera e ti farò trovare ben io, in una grotta fresca e sicura, qualche coscia di montone dal sapore dolce e acre, il sapore del sangue che inebria e mette addosso la voglia di mordere e d'assalire. E poi (e s'accostava annusandolo) tu puzzi d'uomo, male-dettamente.....

– Ti giuro.....

– Perchè hai i peli del collo consumati? chi ti ha fatto questo solco profondo, qui? È inutile che tu ne-ghi..... lo riconosco..... è il segno del collare!

– E sia; è meglio dir tutta la verità. Ero stanco di andare errando per la foresta sempre nell'incertezza dell'oggi e del domani, stanco di dormire con un oc-chio aperto un sonno agitato e pieno d'incubi, timo-roso sempre di vedermi assalito da turbe di cani furi-bondi o di cascare in qualche trappola nascosta sotto le frasche, e decisi di andare dall'uomo.

– Ti sei venduto?

– Ma sto bene.

– E la libertà?

– Bella libertà la tua! una morte garantita!

– Ma smettila con codesta esistenza arrabbiata, vieni anche tu e facciamola finita – vedrai che bel pe-lame! e che cagne! Scozzesi! che somigliano tutte a noi.....

Il Rosso, sempre a sedere sull'anche angolose, ri-fletteva profondamente; a vederlo così, vicino al suo compagno, pareva anche più secco, più miserabile che mai; ma non istette molto a pensare e, a un tratto, rizzando risolutamente il muso, disse a suo fratello:

– Sei un vigliacco, tu tradisci la nostra razza e sporchi il nostro nome; ma son sicuro che tu te ne dovrai pentire.

– Mai!

– Ah! ne sono certissimo: le catene, è storia vec-chia, son catene anche dorate e non v'ha ricchezza che uguagli la libertà. Per conto mio tollero più volen-tieri una indipendenza mal sicura che una servitù tranquilla. Son figliuolo di mio padre, io!

E dando al Grigio un'occhiata di sprezzo si allon-tanò tranquillamente col suo trotto uguale, elastico, e in un momento scomparve in mezzo alla distesa di neve.

Prese la via della foresta, perchè non gli garbava di aver lasciato delle tracce così vicine all'abitazione dell'uomo, e si addentrò nel folto degli abeti tra viot-toli lunghi e bui sui quali le fronde, distese come braccia che si ricercassero da tronco a tronco, sorreg-gevano una cappa densa di neve che faceva quei meandri tiepidi e odorosi di umidità come caverne.

Il Rosso piuttosto che risalir la montagna preferì di stabilirsi in quel bosco dove poteva sperare di racca-pezzar qualche cosa da rodere e dove trovò subito una compagna magra e affamata come lui, ma fiera e decisa a tutto e, sopra ogni cosa, delle medesime idee; e così la famiglia del bandito fu formata e visse e pro-lificò, sola, in mezzo alla foresta, lontana dalle altre bestie e dagli uomini, insegnando ai lupatti il disprez-zo della società civile come di quella barbara, ma so-pra tutto l'odio contro gli animali a cui un ingiusto decreto della natura concedeva l'agiatezza e il pasto senza fatica.

Bandito e cacciatore di frodo, il Rosso non capiva perchè ci potesse esser della gente che gli dava la cac-cia, a lui, che non era buono neanche da mangiarsi! e per protestare contro la viltà del più forte insegnava ai figli le astuzie, gli strattagemmi e i modi per rubare agli usurpatori le provvisioni sovrabbondanti accioc-chè il corpo non oltrepassasse mai quel periodo di digiuno al di là del quale è la rabbia, lo spavento delle superfici lucenti, la pazzia cieca e furibonda di mor-dere, il terribile castigo che vedono uscire dalle fore-ste o errare pazzamente per le vie gli uomini colpevoli d'aver lasciato in preda alla fame un essere vivente!

Si era sul finire di primavera; la neve si scioglieva chiacchierando nei ruscelli e disammantava i clivi che scuoprivano le prode tutte verdi d'erba novellina; un profumo acre si levava dal terreno dove pareva che il marciume delle barbe e delle ramaglie morte rivivesse d'una vita misteriosa, formicolante e larga, che pi-gliava tutta la selva, s'insinuava nei ciuffi, nei talli, nelle macchie, saliva lungo gli alberi sotto le cortecce madide, stillava in lacrime da' rami e da' fuscelli, fremeva, nelle frasche, pispigliava sulle cime e s'involava nel sole.

La lupa madre, robusta, elegante, col pelame rav-viato per numerose mangiate di polli strappati alle volpi, di lepri giovani, e di caprioletti inesperti, inse-gnava ai giovanissimi figli a cercarsi il cibo a una di-stanza di almeno sei miglia per non tradire il segreto del covile, a mantener la parola e a dare aiuto agli al-tri lupi, a riconoscer le armi da fuoco dalle falci o dal-le vanghe, a non lasciarsi sedurre da agnelli o da quarti di carne fresca posti troppo vicini all'abitato, a dare il cambio, l'uno coll'altro, davanti alla muta dei bracchi, a correr sempre in linea retta per moltiplicare gli ostacoli ai cacciatori a cavallo, a salvarsi dalle trappole e a riconoscerle sotto gli inganni di fronde o di zolle.

Tutte le notti la lezione si svolgeva, regolarmente, in una grande radura sul limitare della foresta, vicino a un corso d'acqua, sopra a un prato delizioso per le capriole e i salti, nè terminava finchè il sole dorando il cielo, dietro gli abeti neri, non ricordasse alla schie-ra esser tempo d'andare a pigliarsi un meritato ripo-so, che i lupatti s'accingevano a recarsi a godere, camminando l'uno dietro l'altro e procurando, sotto l'occhio vigile della madre, di porre ciascuno, esatta-mente, la propria impronta in quella dell'altro, men-tre schiere gioconde di scoiattoli li guardavano dalle cime più alte, sbellicandosi dal ridere, attaccati ai ra-mi per la coda, colla testa all'ingiù.

Quella mattina per l'appunto i cinque lupi traver-savano così la parte limacciosa del prato, neri contro il piano violetto, sotto la luce diaccia d'un'alba nuvo-losa, quando (prima fra tutti la vecchia lupa) si fer-marono di scatto colla zampa alzata, gli orecchi ritti, lo sguardo fisso, e un fremito di terrore pervase la schiera. Non era possibile dubitarne. La caccia si pre-cipitava da quella parte.

Che fare, in tal frangente? La madre schiacciata per la fuga, già pronta al primo balzo, ascoltava attenta-mente, perchè i lupi, come tutti i cacciatori, non per-dono mai la calma; quando il Rosso saltò fuori d'una foschia d'abeti con uno slancio elegante.

– Fuggite! – ordinò – non c'è più nulla da fare.

– Oh! se questi erano più grandi! – sclamò con ira la femmina accennando ai figliuoli.

– Fuggite sulla montagna, riprese il lupo, faticando a discorrere perchè i fianchi gli sobbalzavano dalla gran corsa fatta, fuggite, e tu, messi i piccini al sicuro, piantati in qualche punto da dove si possano vedere le fasi della lotta e la mia morte, per descriverla poi, a loro...

– Ma non c'è modo d'ingannare i cani? Non potrò avere il tempo di tornare a darti il cambio?

– No. La muta è diretta da chi sa bene il fatto suo; vorrei ingannarmi, ma temo di aver riconosciuto l'odore di mio fratello.

– Impossibile! un lupo non dà la caccia a un altro lupo. Non s'è mai sentito dire.

– Quello non è più un lupo; abita fra gli uomini da un anno; dunque è diventato un cane. Fuggite!

Il comando fu dato con tòno così imperioso che la vecchia e i piccini a galoppo serrato si persero in un batter d'occhio dietro gli innumerevoli intercolonni della selva.

Allora il Rosso, dopo essersi riposato qualche istante come riflettendo, piegò a sinistra e corse fuori del bosco, in un tratto libero, per qualche migliaio di metri.

Si sentiva l'orrendo fragore della muta lontana che cercava abbaiando qua o là, ma avanti alla muta ga-loppavano, molto avanti, due cani enormi dal fiuto deciso, il secondo dei quali indubbiamente era un lu-po.

Tal vista serrò dolorosamente il cuore del Rosso, che, nonostante, raccolse tutte le sue forze e si arre-stò, facendo fronte, in posizione di combattimento.

Si avvicinavano; si distingueva benissimo le fattez-ze brutali di un colossale limiero di cui il sibilo, uscente dalle narici riarse per la corsa, tradiva la vo-luttà d'aver sentito la preda.

Dietro, il Grigio (proprio lui) ansimante, a grandi balzi guadagnava terreno.

A un tratto raggiunse il cane, gli si accostò, lo di-nanzò, lo prese improvvisamente per la gola, con fe-roce disperazione, mentre il Rosso sbalordito accor-reva senza saper pensare altro che una cosa: che bi-sognava pigliar parte alla lotta.

Sul terreno giallo fu un rotolio fulvo di pelame, tra rantoli sordi, poi il limiero fuggì dalla parte della mu-ta, zoppicando, urlando, seminando il sentiero di lar-ghe tracce di sangue.

– Di carriera fratello! – ansò il Grigio – la muta vedendo il limiero ritornare in quello stato s'arresterà, non oserà inseguirci.

Ora i due lupi volavano, saltando fratte, burroni, fiumiciattoli e staccionate, sempre diritti.

– Ma, fratello – mugolò il Rosso stupito –tu ritorni a noi!

– Ritorno nel bosco. Ne ho fin sugli occhi della cuccia di legno e dell'acqua inzolfata.

– Ma i tuoi cuccioli?

– Quei bastardi? li ho strozzati.

– E..... la cagna scozzese?

– Mi ha tradito..... mi ha tradito per darci la cac-cia..... capisci? ma i nostri cuccioli si troveranno di fronte ai loro in quest'altra stagione.

– Quando saranno grandi.....

– Vedrai che strage!

Erano a metà del monte, su certe rupi scoscese in fondo alle quali rombava un torrente schiumoso; e si fermarono colle gole ardenti da cui sfuggiva il respiro corto e frequente, facendo muovere in su e in giù le lingue rosse come il fuoco.

La muta, senza la guida del Grigio e del limiero, si accaniva sempre nello stesso punto, girando pazza-mente avanti e indietro; si udivano i corni suonare ad un'immensa distanza.

Il Grigio dette in un riso di scherno: So le loro abi-tudini (aggiunse con un fremito di gioia che gli com-mosse il pelame come il vento increspa l'onde), so le loro abitudini di giorno e di notte; faremo un colpo magnifico, straordinario....., agnellini di latte teneri e grossi tanto!

«Ah! fratel mio, che roba il cibo bell'e scodellato! ti fa un nodo qui allo stomaco come se tu avessi in-goiata la stoppa. La lezione è stata salata; ma da ora in poi.....

– Basta – interruppe il Rosso che non conosceva abitudini borghesi – quand'è che rubiamo questi agnelli?

– Diamine! stanotte subito. Bisogna bene ricomin-ciare a guadagnarci la vita onestamente.

LA LIBERTÀ

– Sta'! Un lamento!.....

– È un belato.....

– È un uccello.....

– Voglio andare a vedere.

Il cavallo s'era fermato a ripigliar fiato, sbuffando, col barroccino di traverso, su per l'erta pallida fra mezzo alle macchie nere, e, nel silenzio, s'era udito quella specie di gemito, di belato, di grido soffocato, qualche cosa che nessuno di noi sarebbe riuscito a de-finire.

Eravamo rimasti lì, muti, colle orecchie tese, ma tutto era ripiombato nella quiete alta della notte; i monti si profilavano enormi, cupi, assorti, e, sopra, nel cielo freddo e sereno, brulicavano le stelle.

A un tratto mi venne un'idea, e, sceso dal barroc-cino, sfilai il lampione acceso dall'anello, e mi avviai dalla parte donde m'era parso di sentir provenire quel rumore strano.

La strada maestra era circondata da siepi basse e già pensavo fra di me che sarebbe stato inutile saltar la macchia ed entrare in uno dei campi circostanti, quando, nell'abbassare macchinalmente il lampione, la sua luce si proiettò al suolo e mi rivelò, tra un mucchio di sassi e un paracarri, certo sforo, o gat-taiola, nella siepe, dove mi parve scorgere alcunchè di rossastro.

Allora proiettai la luce su codesto punto e mi chi-nai a guardare. Figurarsi la mia meraviglia quando riuscii a distinguere, nonostante la sua improvvisata immobilità, una volpacchiotta rimasta presa per una gamba in una grossa tagliola!

La volpe, probabilmente, udendo avvicinarsi il car-rozzino, aveva tentato di dare uno strappo lasciando eroicamente lo zampetto dentro la morsa che glielo serrava, ma non c'era riuscita, forse perchè ancora troppo giovine.

Lo sforzo atroce le aveva strappato una specie di gemito, e, poichè probabilmente proprio in quell'istante s'era fermato il cavallo, noi avevamo potuto udirlo.

Rimasi qualche istante, curvo, a fissare la bestiola che mi guardava con occhi selvaggi pieni d'un'espressione di rammarico e d'odio di cui non potrò mai dimenticarmi, poi chiamai Bista, il vettura-le, e gliela feci vedere anche a lui.

– Povera bestia! – disse Bista, che non era cattivo.

– Già! povera bestia! che si fa, ora? a lasciarla lì.....

– Si rode lo stinco e se ne va su tre gambe...

– Tu credi?

– Ne sono sicuro, come son sicuro di vedere lei!

– D'altro canto, se ci si accosta per liberarla c'è da avere uno di quei morsi!.....

– Codesto è positivo! ma lo sa che cosa si potrebbe fare?

– Sentiamo.....

– Si piglia il sacco del cavallo, gli si butta sulla te-sta e si stringe forte, a due o tre doppi, poi si apre la tagliola e gli si dà la via.

– E il sacco?

– Prima di scappare se ne libera da sè, non dubiti!

– Già..... ma, e chi lo fa codesto lavoro? io no dav-vero! io, per conto mio, posso farti lume.....

– Ci penso da me, stia tranquillo! ho fatto anche il bracconiere, quand'ero più giovane... Venga qua, alzi il lampione, chè piglio il sacco...

– Eccomi..... però, ora che ci penso, e se, invece, si aggantasse codesta volpe e si chiudesse in cassetta, in quella davanti al cruscotto, che è grande e si serra bene, e si portasse a casa?

– Per farne?

– Per addomesticarla!

– Ma lei, con rispetto parlando, è ammattito! Ad-domesticare una volpe? Sarebbe la stessa, scusi se parlo così, che dare il concio alle colonne!

– Eppure, voglio provare!

– Lei non ha un'idea di cos'è un animale salvatico davvero, e poi di questa età! ha passato l'anno, im-possibile reggerlo, in qualunque posto.....

– Voglio provare!.....

– Contento lei.....

Bista prese il sacco, si raccomandò che gli tenessi il lume per benino, perchè la volpe faceva le grinze nel naso, scuoprendo certi canini che parevano punte di diamanti, poi srotolò il sacco, glielo buttò sulla testa, lo rigirò, strinse; io apersi la tagliola, e la volpe, ag-guantata per le zampe anteriori, fu portata verso il calesse.

– Faccia presto, mugolava Bista, mentre io cinci-schiavo ad aprire la cassetta, faccia presto per carità! Come la volpe fu cacciata in cassetta e serrata a lucchetto, col sacco in capo, espressi a Bista il dubbio che potesse soffocare.

– Non dubiti, si arrangerà! guardi intanto come mi ha sistemato!

Capii allora il perchè delle raccomandazioni urgenti di Bista; la volpe colle zampe di dietro, dotate di so-lidissimi ugnelli, gli aveva graffiato ferocemente le mani che colavano sangue.

Mentre si ripigliava il viaggio, giù in cassetta si sentiva un gran tramenio, e Bista disse:

-Fortuna, che fra mezz'ora neanche siamo bell'e arrivati, se no.....

– Crederesti che potesse scappare anche di lì?

– Prima di giorno, ci scommetto qualunque cosa, contro nulla! Lo sa lei quel che ti fa, ora, quella be-stiaccia? Piscia sul legno per infracidirlo un poco e poi a furia di denti e d'ugnoli lo rode e lo scheggia; adagio adagio fa un pertugio tanto che ci passi appe-na un topo grosso, una talpa di fogna e, siccome ha le giunture più snodate dei gatti, scorticandosi e graf-fiandosi, prima una zampa e dopo il muso, quindi la spalla e in seguito il resto, esce fuori, fa un lancio e chi s'è visto s'è visto!

– Codesto è eroismo!

– Lo chiami un po' come vuole, ma la volpe in gabbia non ci sta. Ih! trotta, baio, corpo d'un serpen-te a sette code!

E siccome la via pianeggiava, il cavallo prese l'ambio e si buttò di galoppo facendoci traballare come fagotti.

Mentre si andava a ruzzoloni, in modo così disu-guale e screanzato, io pensavo a quell'animale, ladro ma nobile, feroce nel suo indomito amore per la liber-tà. Non per la libertà collettiva, per la quale si uccide e si muore, ma per la libertà individuale; di conse-guenza nel suo egoismo istintivo vi era il germe di uno dei più alti sentimenti umani. Mai, dunque, per nessuna ragione, la belva si sarebbe adattata alla ser-vitù? Era questo che volevo sapere.

L'arrivo a casa costituì un avvenimento. Tutti mi furono dintorno per ascoltare dalla mia bocca la sto-ria meravigliosa della volpacchiotta liberata dalla ta-gliola, e di andare a dormire nessuno avrebbe voluto saperne. Io però, essendo stanco, dichiarai che fino alla mattina seguente non avrei riattaccato la conver-sazione su quell'argomento e non avrei fatto veder l'animale, e congedai tutti con un palmo di muso.

In verità ero talmente imbarazzato circa il come avrei fatta uscir la volpe dalla cassetta e dove l'avrei cacciata per quella notte, che non mi pareva vero d'esser solo con Bista per consigliarmi un po' con lui.

Fortunatamente Bista aveva già fatto il suo piano, imboccando il calesse all'uscio d'una retrostanza, ac-canto alla rimessa, dove stava il forno. La retrostanza era nuda, colle pareti lisce e una finestruola altissima. Il forno aveva la bocca a un metro e trenta d'altezza dal suolo e il cannone, esterno, si slanciava a picco contro il soffitto, dal quale sbucava sul tetto; ma il ti-raggio era interno e la bocca del forno si chiudeva con una pesante saracinesca di ferro. Dunque per quella notte la volpe era sicura.

Le fu preparato un po' di pasto, avanzi della cena, e un tegame pieno d'acqua; poi io mi misi, col lam-pione alzato e un randello in mano, accanto al calesse e Bista alzò lo sportello della cassetta.

La volpe fece un salto morbido come quello d'una palla di gomma elastica e Bista durò fatica ad essere in tempo a chiuder l'uscio, il quale, per fortuna, era foderato di lamiera. E così potemmo andare a letto tranquilli.

Ma la mattina, avanti l'alba, vennero a chiamarmi.

– La volpe è fuggita!

– Siete matti?

– È fuggita!

– Ma di dove? è fatata, forse?

– Una cosa semplicissinna. È montata sul davanza-le del forno, s'è alzata in piedi, e colle zampe anterio-ri ha scalcinato in basso il cannone, quindi, ficcando gli unghielli nelle commettiture corrose dal fuoco, ha strappato un mezzo mattone; però, siccome non arri-vava ad introdursi nel buco, perchè troppo alto per potersi aiutare colla leva delle gambe posteriori e slanciarvisi dentro, ha afferrato colle due zampe il manico della saracinesca e l'ha fatta cadere, schiz-zando indietro per non restarne schiacciata. Poi è ri-salita sul davanzale e, coi centimetri d'altezza acqui-stati per mezzo della saracinesca, è riuscita a cacciarsi nel buco e tanto ha fatto, cogli unghielli e colle spalle, che ha potuto entrarci tutta; dopo di che ha risalito comodamente il cannone e dal camino, nera come l'inchiostro, è sboccata sul tetto.

– Paion novelle! E..... ora?

– Ora è lassù, accucciata sotto qualche embrice e chi la fa discendere è bravo!

– Per fortuna il tetto non ne ha altri vicini; se inve-ce d'essere una casa di campagna fosse stata in mez-zo a un paese.....

– A quest'ora chissà dove sarebbe!

– Oh! perbacco! esclamai, tutto arrabbiato saltan-do dal letto e cominciando febbrilmente a vestirmi, vedremo ora, fra l'uomo e la bestia, chi la vincerà! A noi due!

Dopo dieci minuti le scale venivano appoggiate al tetto e alcuni uomini, scalzi, salivano cauti e si dava-no all'esplorazione, divisi in maniera da circondare completamente l'animale. Qualcuno recava un corbel-lo per acchiappare la volpe rovesciandoglielo addos-so.

Ma il male si era che della volpe non si trovava traccia! Invano furono alzati i tegoli, gli embrici, ad uno ad uno, esplorati in tutti i cantucci i canali di sgrondo, le doccionate..... della bestiaccia nemmeno l'idea!

Di repente si sentì, giù in casa, un tramestio terribi-le.

– Correte! si gridava da ogni parte.

Gli uomini abbandonarono la caccia sui tetti e sce-sero a precipizio, mentre io mi slanciavo d'onde pro-venivano gli urli.

Trovai la cuoca quasi svenuta, perchè, a un tratto, un orribile animale color fuliggine le era piombato dalla cappa del camino dentro la padella che tendeva, sugli alari, per far soffriggere un po' d'olio, sopra una fiammata di sterpi.

Nessun dubbio! si trattava della volpe.

Siccome al disperato grido di raccapriccio della cuoca s'era fatta sulla porta di cucina l'altra domesti-ca, la volpe s'era slanciata verso l'unico uscio aperto, quello del pollaio. Fortunatamente i polli erano in cortile dove la vecchia Gegia dava loro il becchime. Ergo la bestiaccia non aveva potuto uscir fuori dalla piccola apertura riserbata al pollame davanti alla quale fu, immediatamente, posta la grossa pietra che serviva di notte a proibirne l'accesso persino alle fai-ne, capaci d'insinuarsi dovunque, come l'acqua.....

Piano piano m'affacciai ad uno spiracolo dell'uscio del pollaio e vidi la volpe, sudicia, irricon-noscibile, colla lingua rossa ciondoloni e i fianchi che le ansimavano in su e in giù come stantuffi, rincan-tucciata e disperata, con i soli occhi lucenti e mobili in tutto quell'arruffio di filiggine e di pelame sconvol-to.

Richiusi, stropicciandomi le mani.

– Ci sei? – dissi ridendo – stacci!

«La terremo un poco a dieta perchè le si calmino i bollori e poi, per ingrazionircela, le regaleremo un bel tegame di ghiottonerie; ma prima se lo deve guada-gnare!

La giornata trascorse svelta; bisognò chiamare il medico condotto per la cuoca alla quale si prese un insulto cardiaco, e per uno degli uomini che s'era fat-to male a una gamba nello scendere, in fretta, dalla scala malferma. Poi arrivò anche il maestro muratore, perchè, come avevo preveduto, la corsa sul tetto die-tro alla volpe per parte di quattro o cinque persone, sia pure, prudentemente scalze, era perfettamente lo-gico che fosse riuscita a rimuovere quell'ordine rigo-roso dei tegoli e degli embrici, interrotto il quale, pio-ve nelle stanze come nei vagoni di certe linee ferrate.

La sera, dopo aver cenato e fatto il chilo, andai a dare un'occhiata ai polli che erano stati sistemati, per quella notte, nello stanzone dei limoni, e poi tenni consiglio di famiglia per decidere se si doveva o no dar da mangiare alla volpe.

Il consiglio fu ricco d'incidenti e prevalse l'opinione di nutrire la volpe e di darle da bere per paura che arrabbiasse. L'unico il quale votasse contro fu Bista.

E la volpe, quando entrarono nel pollaio e deposi-tarono in terra un catino d'acqua e un bel tegame d'avanzi, fu trovata nella stessa precisa identica po-sizione in cui l'avevo lasciata io la mattina.

Così andammo a letto tranquilli ed io, non lo nego, molto soddisfatto di me. Tanto soddisfatto che mi pi-gliò quasi un accidente quando, il giorno dopo, aper-to il pollaio, dovetti constatare che la volpe era fuggi-ta da capo!

Ma di dove? ma come? ma con che mezzo?

La spiegazione la dette subito Bista esclamando: – Non poteva essere altrimenti con un pavimento ster-rato!

Capite? La volpe, considerato che il suolo non era ammattonato, fece la gatta di Masino e attese la sua ora.

Aspettò, cioè, che tutti si fossero addormentati davvero, e rifocillata dal cibo che, incautamente, le avevo elargito, si mise, nel buio e nel silenzio, a sca-vare una buca sotto al semplice mattone per coltello il quale formava la parete esterna del pollaio, e tanto s'industriò da potere, avanti giorno, cacciarsi in quel-la specie di galleria, e riuscire all'aperto. Non basta! prima di andarsene, volle anche pigliarsi la più aspra vendetta. Perchè, introdottasi nello stanzone dei li-moni da un pertugio, invisibile per chiunque, fuori che per lei, sgozzò tutti i polli, nessuno eccettuato, e poi se ne andò indisturbata e fiera delle sue mirabo-lanti gesta.

– Ecco! – urlava Bista, dandosi di gran pugni nel –capo – ecco la ricompensa del far bene «alla gente!».

» Gli ha salvato la vita, gli ha dato da mangiare, e l'ha corrisposto così! O che cosa voleva di più, santo Dio?».

Io feci, secco secco: – La libertà!

E Bista, colpito, mi guardò a stracciasacco e se ne andò, borbottando, dalla gran bile di non sapermi ri-spondere.

IL CAPPONE DI CEPPO

Stava lì, ancora appollaiato sulla sua pertica, quando sentì aprirsi l'uscio dello sgabuzzino.

Siccome era sempre buio e i galli avevano già can-tato una volta, il cappone che aspettava il secondo «chicchirichì», non si mosse.

Il piccolo cuore gli batteva con violenza nel petto sotto il collare di piume fagianate, perchè immagina-va, a bruzzico in quel modo, che fosse entrata nel pol-laio la volpe o la faina, ma non tentò di fuggire.

D'altronde non l'avrebbe potuto, perchè ancora lo occupava quel torpore notturno che nelle bestie della sua razza si dilegua soltanto quando la prima striscia di luce s'affaccia dietro le cime turchine dei monti e l'aria rabbrividisce.

Allora gli uccelli tentano qualche accordo, l'acqua del ruscello si ferma, quasi ascoltasse, e le cime degli alberi hanno un brevissimo fremito.

I galli scendono dal bastone o dal ramo dove han-no dormito sognando distese di granturco, e poi, stendendo prima una gamba e poi l'altra e scuotendo la cresta livida, slanciano una serie gioconda di squil-lantissimi chicchirichì, mentre il mondo intero sembra destarsi allo schioccare d'una frusta e allo squillo d'una campana.

Il cappone, dunque, non si mosse e aspettò, co-vando il teporino notturno e la paura.

Ma quando una mano violenta e callosa fece per afferrarlo, starnazzò l'ali e si buttò giù dalla pertica. Inutile.

La mano violenta e callosa riuscì a trattenerlo per un'ala, a mezz'aria, e a condurlo via, fuori, nella luce violetta d'un crepuscolo nuvoloso, che gli faceva gi-rare la testa ancora insonnolita.

Però il dolore fisico che provava all'attaccatura dell'ala dove una morsa di ferro pareva gli lacerasse il tendine, e quello morale che provò torcendo il collo, e vedendo, così in tralice, il pollaio che si allontanava nel turchino caliginoso dell'aria, furono capaci di ri-svegliarlo.

E cominciò a urlare come una persona viva, dallo spavento, a gemere dall'angoscia, a raccomandarsi con lamenti da cristiano condotto alla strage.

La massaia si affacciò sull'uscio e come, in quel momento, il sole comparve dai monti con un dardo lucido che la colse sulla fronte rossa e la sbigottì, dis-se attorcigliando il grembiule intorno alla vita: Sba-glierò, ma te l'alba di domattina non la rivedi.

– Qui no di certo, rispose il contadino; a Firenze sì, perchè questo ormai l'ammazzeranno la vigilia di Ceppo. Scommetto che grassi così non ne hanno mangiati mai neanche loro.

Le bestie ci sono inferiori in tutto, ma in una cosa sola ci superano: che esse intendono il nostro lin-guaggio, mentre noi non possiamo intendere il loro.

Al cappone, a sentirsi sciorinare la sentenza fra capo e collo in quel modo non rimase una stilla di sangue addosso; la cresta gli diventò color cenere e gli occhi spauriti, simili a un bersaglio con un pallino nel mezzo, gli s'empirono d'amarissime lacrime.

Intanto il contadino senza dir altro prese un pezzo di nastro e legò strette le zampe gialle del cappone che poi, col capo ciondoloni, attaccò a un ferro del barroccino, il quale fermo sull'aia, a stanghe ritte, contro il cielo sempre più chiaro, pareva una forca.

Faceva un freddo da gelare le parole in bocca e il povero pollo, a testa in giù, vedeva per tutto un luc-cichio argenteo di brinata su cui passava ogni tanto, rapida come un soffio di vento, l'ombra di un passe-rotto in cerca di cibo.

Il sole era già sorto, e tutta la pianura fumava al contatto della luce che la sfiorava, quando il passo del cavallo risuonò pesante sui mattoni del portico sconquassati.

Il disgraziato cappone pensava ora a quello che gli sarebbe successo quando il barroccino si fosse mos-so! Già le caviglie gli dolevano terribilmente, il san-gue circolando a fatica gli dava un senso di torpore molesto, un informicolamento diffuso, mentre era co-stretto, per non farsi andare il sangue al cervello, ad alzare il collo con uno sforzo innaturale.

Quanto sarebbe durato quel supplizio? E perchè mai era possibile che animali come gli uomini, credu-ti, comunemente, i più intelligenti fra tutti, non com-prendessero che neanche le bestie possono vivere a capo all'ingiù?

Per fortuna la massaia, quando il cavallo fu attac-cato, venne avanti, mentre tutta la frotta dei polli, uscita ormai dallo stambugio, le si affaticava, pipi-lando, d'intorno, e, dopo averli scacciati con un sciò, sciò, energico, stese una mano e staccò il cappone dal gancio, borbottando: Bei lavori concluderesti, se non ti tenessi d'occhio! Ora tu andavi col cappone cion-doloni e ti moriva per la strada, povero animale! Ti pare il modo codesto di portare un pollo ai padroni? Gli avresti regalata una bestia livida, colla testa gon-fia e colle carni tutte maltite.

– Costì tu hai ragione – rispose il contadino (e salì sul barroccio) – ma l'idea di staccarlo ce l'avrei avu-ta.....

– Di buone idee è lastricato l'inferno..... ma ora va' via perchè se no, chissà a che ora tu arrivi.

La donna posò con un certo garbo il cappone sul piano del barroccino a due ruote, sotto il sedile, so-pra una coperta da cavalli ripiegata, nel mezzo a due cestelli di mele e di fichi secchi e il cavallo si mosse.

Ad ogni crocicchio, dove, nonostante la brinata d'argento e gli aghi del freddo che entravano nelle cicce e nelle ossa con mille punte, il contadino incon-trava dei gruppetti di gente avviata alla prima messa, era la solita storia:

– Ti sei tirato su il bavero, eh? avevi paura che ti cascasse il naso dal freddo?

– E il cappone?

– Dove tu l'hai messo il cappone?

– Fammi vedere il cappone!

E lì, qualche mano s'allungava a tirar su il cappo-ne spaurito, di mezzo ai panieri, a soppesarlo, a sof-fiargli nelle penne per guatare, tra la peluria e i pi-docchi pollini, il giallor della pelle.

Il cappone a quei discorsi si sentiva gelare; subiva le medesime emozioni che provava, anticamente, il condannato a morte quando lo portavano al patibolo sulla carretta.

Poi il barroccino tutto sgangherato ripigliava il suo passo traballante, mentre la gente, per le strade, raf-fittiva e il terreno rimbombava tutto, dal gelo, come fosse vuoto e il sole montava sempre più in alto sino a raggiare proprio in mezzo al cielo, pulito come un'ostia.

Il cappone, ormai disperato, ripensando alla morte vicina, coi bargigli e la cresta paonazzi, abbandonato sul piano del barroccio traballante, chiudeva gli occhi per non vedere, disperato di non poter chiudere gli orecchi per non sentire, quando, tutto d'un tratto, che è, che non è, un rumore assordante, un urto spaven-tevole..... buio, faville, degli urli tremendi...

Il cappone, ansante, colle zampe legate, era stato sbalzato sopra un argine erboso.

Rintontito dal colpo, giacque per qualche minuto senza comprendere, poi aprì gli occhietti rotondi con l'iride gialla e un pallino nel mezzo, e non vide che distese di campi; si rigirò faticosamente, e..... sì!..... lì, sopra i ciottoli, fra due verghe di ferro..... che cos'era quella roba sparpagliata per terra?

Il cavallo?..... il.... contadino? Quella roba senza forma, impossibile a descrivere?

Il tempo passava; il pollo, immobile, colle zampe legate, tutto paralizzato dal freddo, collo stomaco at-tanagliato dai crampi della fame, dubitava una morte anche più straziante di quella che si sarebbe aspetta-to; quand'ecco avvicinarsi qualcuno..... una mano si stese, raccolse il pollo, lo soppesò.

La povera bestia, ormai più di là che di qua, non aveva forza nemmeno per emettere uno di quei gemiti dolorosi che tutti i polli ammodo cacciano fuori dalla strozza appena si sentono preda dell'animale uomo il quale, senza dubbio, è il più feroce fra tutti gli animali della creazione.....

– Chi glielo riporta? – disse una voce. – Chi si sen-tirà tanto coraggio?

– Davvero! – rispose qualcuno – di un cavallo; d'un barroccino, d'un uomo e d'un pollo, riportare il pollo solo..... è un po' poco...

Seguì un silenzio, alto, penoso. Poi la prima voce riprese: – Datelo a me..... glielo butterò io sull'aia, passando.

Di nuovo una mano di ferro agguantò le zampe do-loranti del cappone, come in una morsa, di nuovo la bestia provò l'ineffabile supplizio del sangue al capo e del torcicollo spasmodico per cercare un po' di sol-lievo.....

E il viaggio di ritorno fu interminabile perchè que-sta volta il contadino lo fece a piedi e perchè, ad ogni piè sospinto, s'incontrava con dei gruppi di gente de-siderosa di conoscere i particolari della sventura.....

Sballottato a quel modo, colla testa riversa, il cap-pone vide adagio, adagio i monti tingersi d'arancione, di violetto, di turchino cupo. E invocava la notte ad affrettare il carnefice, a terminare il supplizio, temen-do d'arrivare già morto.

Ma ecco il campaniletto aguzzo stagliarsi nero con i cubi e i triangoli di poche case, contro un cielo divi-so in due zone, l'una rosea, l'altra verde..... e in que-sta cullarsi una cerea falce di luna, affacciarsi tre-mando una stella d'argento.

Il cappone, ansante, giacque, finalmente, sull'ammattonato gelido dell'aia (mentre il contadino s'allontanava coi suoi passi gravi che risuonavano in modo strano sul terreno ghiacciato) e spaurito dall'imminente notte, cominciò, fiocamente, a lamen-tarsi.

Allora una striscia di luce tagliò l'ammattonato del portico, già inzuppato dal turchino freddo della notte, la mano della massaia, raccolse la bestia, la portò in casa, al tepore d'un camino acceso, sciolse i legami delle gambe intorpidite.....

Che dolcezza, che piacere, lì vicino alla fiamma rossa sulla quale il paiòlo brontolone si crollava, fu-mando, col coperchio sulle ventitrè!...

La massaia, raccattato il cappone, era tornata a se-dere davanti alla tavola.

Un ragazzo piccino le si era addormentato in grembo, uno, più grande, era andato, ciondolando, a coricarsi da sè.

Il fuoco, non più attizzato dall'uomo vigile nel can-to del camino basso, illanguidiva, spegnendosi.....

Il cappone, avendo steso prima una gamba e poi l'altra, salì sul piano del camino e cominciò febbril-mente a beccare in un tegame, dimenticato, pieno di pappa rifredda. Poi, vista la seggiola, vuota, con un volettino montò sulla spalliera, e vi si accoccolò.

A un tratto, di fuori, nella notte rigida, esplose un suono di campane velato.....

La donna cadde col capo sulle braccia incrociate e scoppiò in singhiozzi.

Il cappone, poichè il fuoco s'era spento ed aveva il gozzo pieno, sonnecchiava quietamente assaporando la felicità d'esser vivo.

CHI MUORE GIACE E CHI VIVE SI DÀ PACE

M'ero sdraiato, bocconi, per leggere, sopra il de-clivio dolcissimo di un prato che costeggiava la stra-da maestra, non perchè fosse il posto più comodo di quei dintorni, ma perchè era il più ombroso.

Infatti una canicola feroce dardeggiava traverso le fronde del boschetto e la via pareva di lava incande-scente contro la siepe incipriata dal continuo spolve-rare di automobili e barroccini.

Il libro però (era un libro moderno, di quelli che vogliono dire grandissime cose in una forma tortura-ta, preziosa, pretensiosa e stiracchiata da far venire l'uggiolina allo stomaco) aveva cominciato ad an-noiarmi, maledettamente, dalle prime pagine, dove certo povero signore, ricordo, afflitto dal nome me-lanconico di un can da pagliaio, Melampo, andava cercando, chissà perchè? Iddio; motivo per cui chiusi il volumetto o mi proposi, per passare il tempo, que-sto profondo problema filosofico: Quale sarà stata la ragione (s'intende «pura») che avrà mosso l'editore a stampare una simile idiozia?

Ma non ebbi tempo di rispondere al grave quesito perchè a un tratto, nel breve lembo polveroso di stra-da, dove i miei occhi si fissavano macchinalmente quasi per concentrare su qualche cosa di reale il pen-siero, apparve un personaggio a cui subito si rivolse-ro le mie pupille e il mio spirito, ogni altro oggetto (e perfino Melampo e la sua storia) dimenticando.

Il personaggio di cui parlo era uno scarabeo, di quelli così ben descritti dal Fabre e che, senza voler plagiare lo stile del Dizionario dell'uomo salvatico, sono obbligato anch'io a chiamare «stercorario». Difatti la ghiotta bestia s'era foggiata, da qualche bovina, giacente come un frammento bronzeo-dorato in mezzo al ruscello roseo del polverone, la sua brava pallottola di dimensioni due volte almeno l'altezza del proprio corpicciuolo, e se la portava faticosamen-te verso la tana.

Ecco, pensai, uno scarabeo che la sa lunga! Mentre i suoi compagni, scoperto l'aureo filone profumato, consumano rapidamente il pasto sul luogo egli ha ri-flettuto che meglio era farsi un'abbondante porzione e pascersi poi a sazietà per lunghi giorni indisturbato in casa propria.

Non altrimenti i nostri autori più saggi usano coi filoni d'ispirazione che il secolo fa trovare davanti ai loro passi irrequieti.

E quale si poppa il filone cerebrale, quale il roman-tico, e quale ripete, per far cosa nova, le combinazio-ni licenziose inventate dai popoli d'Oriente nelle loro novelle gabellandole per arte del secolo ventesimo, e quale invece imitando la mantide si inginocchia pre-gando e battendosi il petto mentre, d'intorno, i grilli, ammirati, cantano accompagnandosi colle antère, in sordina, le laudi del nuovo mistico!

Lo scarabeo tutto preso dal miraggio del suo buco ombroso e quieto dove per molti giorni avrebbe ban-chettato colla digestione d'un animale più grosso di lui (tal quale noialtri che di continuo rimangiamo e restituiamo, perchè altri la mangi e la restituisca a nuovi affamati, la materia elaborata per millenni nei capaci stomachi intellettuali degli antenati) lo scara-beo, dunque, durava una fatica inverosimile per tra-sportare il colossale monumento di sterco, e, a vedere quel suo corsaletto luccicante, avreste detto che su-dava; ma la pallottola era così gigantesca che l'insetto, a un certo punto, si buttò col dorso a terra, senza curarsi della polvere, e si mise a spingere la palla coi piedi. Mal gliene incolse!

Udii quasi subito un ronzare d'ali irritate e un se-condo scarabeo piombò a volo sulla pallottola e si stabilì sopra la sua cima.

Allora sentii distintamente, per un miracolo di per-cezione, causato forse dalla ostinata attenzione con cui seguivo la vicenda di quella materia di contenuto e d'interesse così universale, che lo scarabeo spode-stato diceva all'usurpatore: – Ladro! rendimi la roba mia!

– Ma, io non sono un ladro! – rispondeva lo sca-rabeo dalla sublime sua posizione.

– E che cosa sei, dunque`? Se non sei un ladro, vat-tene e lasciami la pallottola che mi sono guadagnata con tanta fatica.

– Io sono un uomo di buon gusto! Ora io ho visto che tu non hai garbo, nè grazia, e che sei fuori del ret-to cammino. Tu dovresti cibarti di fiori, e non perdere il tempo collo sterco.

– Bene! mi ciberò di fiori, ma intanto rendimi il mio sterco.

– Impossibile! di questo ne ho bisogno io, allo scopo di dimostrare quanto è errato il tuo metodo.....

– Scuse!

– Come, scuse? Se io non entro nel tuo posto e se non mangio la roba tua, come posso fare a insegnarti il buon modo?

Ma quello di sotto, dopo essere rimasto qualche momento sorpreso, puntò le zampe posteriori e fece rotolare la palla.

Ed ecco il trionfatore alla sua volta, supino nel polverone, col mappamondo sullo stomaco.

Cosa meravigliosa! Ora io vedevo veramente in quell'episodio microscopico l'intera vicenda della vi-ta cotidiana.

Su quella sfera s'arrampicavano, per disputarsene il possesso, due animali della medesima razza i quali trovavano comodo e naturale pascersi del cibo già di-gerito da un animale di razza superiore!

Non altrimenti l'esercito dei critici s'arrampica su-gli escrementi dei grandi uomini e poi ciascuno si fugge nel suo buco a digerirne lentamente un pezzetto e a restituirlo trasformato dall'analisi chimica.

Il rumore della lotta, per me indistinto, ma che gli esseri inferiori erano capaci di percepire, aveva ri-chiamato un altro scarabeo, il quale si pose in aggua-to sotto un ciuffo d'erba, a piè della siepe.

Gravemente, l'animale meditava il momento d'intervenire.

Ed ecco che, abbandonata la pallottola bionda, i due insetti si sfidarono fra di loro ad una lotta feroce.

Li vidi gittarsi l'uno sull'altro colle mandibole avi-de, alzate, e rotolarsi oscenamente al suolo, dove in un istante divennero irriconoscibili.

La furia li accecava al punto da non farli accorti che la palla di sterco camminava sotto le spinte del terzo scarabeo, il quale, uscito dal suo nascondiglio verde, la cacciava davanti a sè, invece che all'erta alla china, guadagnando un tempo prezioso.

Per due volte i lottatori toccarono la terra colle spalle vicendevolmente, mai però così bene da non potersi rialzare.

La battaglia continuò, mentre la palla filava e le ci-cale, a un tratto, presero a cantare disperatamente come se gridassero al bosco le peripezie del conflitto che contemplavano di sugli alberi.

Quando nella strada polverosa non rimasero che i due animaletti ciascuno dei quali aveva perduto una zampa o un pezzetto di mandibola, il canto delle cica-le si tacque come se esse lo avessero alzato per copri-re la fuga del terzo, abbastanza fortunato per godere il frutto di quella battaglia.

Ma proprio in quel momento, avvenne la cosa ter-ribile.

Un quarto scarabeo, una femmina, sbucata di non so dove, si avanzò frettolosamente verso i due com-battenti.

Giunta al loro livello, aprì il corsaletto dai riflessi azzurro cupo bellissimi, e sbattè l'elitre di celluloide che lampeggiarono giocondamente nel sole.

I due campioni s'avvidero, senza dubbio, della nuova venuta, perchè immediatamente ripresero vi-gore.

Essi però non pensarono che il furbo rivale aveva involato la causa della tenzone e vollero seguitare a battersi per gli occhi prismatici d'Elena, anche se di Troia non rimanesse vestigio.

Lo scarabeo femmina attese sul margine del riga-gnolo.

A un tratto echeggiò, lontana e beffarda, la cornetta di un'automobile e come se quel segnale fosse stato il classico squillo del torneo, i due antagonisti, ripreso lo slancio con il poco che loro avanzava di zampe e di fiato, si scagliarono l'un sull'altro con incredibile fe-rocia.

La scarabea si grattava con una zampa dentata l'estremità del corsaletto bruno, preparandosi a go-dere il feroce spettacolo.

Pur troppo un nuovo squillo rauco e strozzato an-nunciò che la vettura era prossima e quando questa apparve allo svolto della via, i due lottatori, già stret-tamente aggavignati tra loro, non sentivano e non ve-devano più nulla.

E più nulla vide, quando, trascorsa l'automobile in un delirio di vento, di puzzo di benzina e di polvere, la elegante scarabea cercò i suoi baldi campioni dei quali una delle pesantissime gomme aveva perfino cancellata la traccia.

In quel mentre il terzo scarabeo, quello che aveva rubato e nascosto la fetente ma preziosa pallottola, si riaffacciò furbescamente lungo il fossetto di faccia, all'ombra della macchia polverosa.

La scarabea ebbe un attimo di esitazione.

Ma il profumo di fieno digerito che, nel lungo solco a saetta tracciato in mezzo al polverone, aveva lascia-to la pallottola, era così eccitante!

Quel profumo di fieno, di salvestrella e di lupinella masticata, digerita e scodellata fresca in mezzo alla strada da una vacca ricca di latte, aveva qualche cosa di così narcotico che la dama in lutto vibrò le antenne dal piacere.

Poi, con passo languido, camminò verso il cici-sbeo, il quale le arrancò incontro con visibile premu-ra. E, come furono a portata d'antenna, si scambia-rono le più affettuose cornate, alzandosi perfino, sulle zampette posteriori.

Compresi, poi, che si trattava di un cortese invito a colazione, invito che la dama accettò con entusiasmo.

I morti eran morti e morti bene. La dama in lutto dopo averne esaltato il valore andava a cena coll'imboscato.

Capii allora perchè i libri moderni sono tanto noio-si, capii perchè, essendo stato ormai detto tutto in-torno a quanto non si fa che ripetere dalla creazione del mondo fino ad oggi, i nostri poveri autori non hanno più nulla da dire.

E per disavvelenarmi dell'improvviso pessimismo che cominciava a scorrere nelle mie vene turgide d'uomo sano e felice, andai sul mare dove flotte enormi di nuvole accorrevano da tutte le parti del cie-lo per preparare al sole la solita commedia del tra-monto sanguinoso che si risolve in una notte di stelle e in un'aurora di perle.

IL MONTONE

Era nella solitudine sterminata un re. Un re favolo-so di trepidi vassalli, un sultano feroce, despota di mille capi docili e obbedienti.

Per tre volte gli si rigiravano, a folgore, le corna in-torno al capo appuntito e il profilo del muso era ar-cuato imperiosamente e le pupille gialle e rosse tru-cemente intente a scrutare, in chiunque si avvicinasse, il nemico.

Dalle mascelle enormi pendeva la barba bruno gial-lastra, le narici eran rosee, ma chiazzate di nero e gocciolanti di moccio, il corpo enorme rivestito di la-na rossa a macchie bruciate, la coda corta in forma di clava, le zampe asciutte e brevi coi piè fessi dall'unghie d'acciaio, il collo forte circondato da una striscia di cuoio da cui pendeva il campàno di bronzo schiacciato.

Quando il campàno squillava nella solitudine, i bu-fali color della pece i quali poltrivano immersi fino al collo nelle lagune morte della maremma colle corna a balestra fuori dell'acqua inutilmente vibrate contro nuvoli di mosche azzurre, di tafàni iridati e d'estri di smeraldo, esplodevano con strani scoppi dal fango degli acquastrini e giravano gli occhi di rubino verso il mare ondeggiante delle groppe lanute che avanzava sulla pianura.

L'armento era immenso.

Un favoloso sobbalzare di velli tramutava la landa in un fantastico pelago di lana arruffata da un capric-cio invisibile, e la mandra incedeva distruggendo l'erbe secche sotto i suoi passi innumerevoli con un fragore sordo di pioggia lontana dentro una boscaglia di querci.

Il mare rispondeva, remoto, con un respiro d'angoscia.

Il primo dei corvi, posto a vedetta sopra una delle colline ondulate, vedendo avvicinarsi il grande eserci-to belante, dava l'avviso.

Gracchiando, con volo pesante, si portava vicino alla seconda vedetta, poi insieme svolazzavano pres-so alla terza e così via, finchè tutta la tribù che pastu-rava tra le stoppie all'ombra delle sughere, rare sulla brughiera come spettri contorti disperati e scapigliati dal libeccio, s'alzava in lenti giri concentrici, urlando.

La nuvola delle bestiacce nere trasportava lenta-mente la sua ombra mobile sul piano, sfiorando, con un molle tappeto ceruleo trascinato qua e là, l'oro delle paglie arse e dell'erbe ripiegate dall'arsura e dai soffi salmastri, poi s'alzava a spirale nel cielo tremo-lante d'afa e gracchiava, tutta insieme, col suono di uno scroscio improvviso.

Allora il montone, che trotticchiava innanzi alla mandra, si fermava scontento, alzava il muso arcuato e cacciava un suo bèlo agro e lungo.

Mille belati sonori e lamentosi rispondevano nella calma del vespro, seguiti da quelli fievoli e incerti dei rèdi che traballavano dietro e dall'abbaiare dei cani.

Il vergaio, spronando, percorreva di galoppo la li-nea dell'armento come un generale che trascorra la fronte dell'esercito prima della parata, e col fischio e colla pertica, lo rimetteva in cammino.

Così preceduto dai corvi gracchianti, ognor più re-spinti lontani dalle pasture verso il soffio fresco del mare, il grosso armento andava incontro all'ombre della macchia.

Sultano, il colossale montone, amava questa sua forza tranquilla di incruento duce d'esercito che ri-cacciava le schiere negre dei corvi dagli splendori d'oro delle radure ai silenzi di smeraldo dei boschi.

I corvi gracchiavano sempre e le vedette roteavano sperando che qualche agnello sfinito o qualche pecora spedata restasse indietro, per richiamare il grosso delle tribù e pascersi di sangue e di carne calda, ma il vergaio vegliava coi suoi brescini e coi suoi bagaglio-ni in coda alla colonna e appena una bestia cadesse per la spossatezza, subito tre quattro uomini si gitta-vano su lei, l'accapprettavano, con le zampe anteriori e deretane legate insieme, e la gittavano in uno dei corbelli vuoti pendenti sui fianchi degli asini angolosi, dal pelo irsuto e dai grandi occhi placidi e sottomessi natanti in un languore tanto sereno di pazienza, anche sotto la grandine delle legnate e dei calci nelle pance, gonfie soltanto di paglia, che suonavano come tam-buri.

Ma Sultano voleva scacciare i corvi d'innanzi a sè.

Pareva forse al fosco re delle solitudini un malo auspicio seccante quel corteo funebre di becchini ne-crofili che volteggiava intorno alla schiera, gracchian-do per desiderio della morte d'uno dei capi, e colle corna a folgore ritorte tre volte alle tempie sotto la cervice lanuta si cacciava innanzi verso il folto della macchia, tra laschi di marruche e siepi di biancospi-no, traendosi dietro l'armento zampettante e belante e lasciando ad ogni spina fiocchi di lana che oscilla-vano capricciosamente ai soffi del vento.

Come fu sotto l'ombra delle querci l'armento stan-co si fermò. Ogni pecora col muso accanto al muso dell'altra meriggiava tranquilla e il respiro delle mille bestie affaticate rispondeva a quello dell'onde invisi-bili che sciacquavano alterne di là dalla mobile barrie-ra di foglie.

Il vergaio e i pastori dormivano sotto un balzo co-ronato di vegetazione fitta, i cavalli e i ciuchi faceva-no «il nonno» attaccati con le briglie lunghe a qualche ramo spasimoso di rovere e i cani acciambellati apri-vano ogni tanto un occhio di giada a seguire il volo fuggevole di una mosca equina.

Allora il grande montone, disdegnando per un giorno le sue femmine, s'avventurò, solo, verso i cor-vi i quali, gracchiando, si allontanavano lentamente davanti a lui.

Giunse così dove la macchia era tutto un intrico di barbe e di spine, di foglie e di frasche.

Si udiva, al di là, il gracchiare insolente dei corvi e l'ansito insonne del mare, ma il romore del grande armento, rimasticante nell'ombra cogli occhi chiusi e le orecchie abbassate, non si sentiva più.

Ed ecco, Sultano volle alzarsi sulle zampe deretane per vedere i corvi cachinnanti dietro le macchie e non potè più riposare le zampe anteriori a terra, nè vol-tarsi nè muoversi.

Come un polipo, la macchia aveva steso le sue in-numerevoli branchie spinose sopra di lui, gli s'era at-taccata tenacemente al pelame ricciuto.

Tentò, tre, quattro volte, di sfondare l'intrico colla cervice armata delle corna a folgore ritorte attorno al-le tempie dure e non potè più liberarsi.

Ad ogni sforzo si sentiva maggiormente allacciato da viluppi di pruni e da legami sinuosi che parevano tentacoli viventi.

Allora il superbo montone, disperato, belò.

Il terreno che egli fissava con occhi sbarrati diven-tava turchino perchè forse qualche grossa nuvola co-priva il cielo, e il mare, certo, turgeva, poi che il so-spiro sempre più rauco si mutava di minuto in minu-to in ruggito, cuoprendo il bèlo agro e roco con cui Sultano dava l'appello.

Un corvo svolazzò sopra di lui, lo vide impigliato nella macchia, legato come un bove al «travaglio» per essere ferrato, e corse a dar la novella alla schiera.

In breve la nuvola gracchiante si librò, in voli con-centrici, sopra il montone prigioniero.

Uno dei corvi più vecchi si calò, come una nera freccia cadente, e d'un colpo di becco vibrato a pu-gnale, cavò un occhio al montone.

Il belato di dolore fu coperto dal gracchiare funereo e il lugubre urlo dei corvi fu soffocato da quello del mare.

Il vergaio e i pastori dormivano sognando dei Reali di Francia, di Paris bellissimo e di Vienna dalle bian-che braccia, i cavalli e i ciuchi zampavano e scodinzo-lavano assediati dai tafani color d'acciaio, i cani ab-baiavano a pena, tra il sonno, e l'armento masticava cogli occhi chiusi e il muso roseo curvo ad aspirare la terra che esalava odor di funghi marciti e d'erbe fra-dice.

Dai due fori spaventevoli aperti al posto degli oc-chi, gocciava giù per le gote ignude, per il vello del muso, un sangue coagulato color della pece.

Uno a uno, dandosi il cambio, senza mai cessare il loro svolazzio rotatorio, i corvi vibrarono il pugnale del becco nella cervice del montone, gli apersero il cranio, dispersero sul terreno opaco brani di cervello palpitante, portarono, alti, nel cielo burrascoso, fioc-chi di lana cruenta e la dispersero ai venti.

Quando il sole, rompendo a fatica uno strato ovat-toso di nuvolaglie bige, calò nel mare bollente e schiumeggiante, lo scheletro del montone, colle enor-mi corna a folgore ritorte tre volte intorno al cranio appuntito, pendeva solo e nudo dalla macchia coper-ta di rossi grumi simili a bacche di pan da serpi ma-ture.

E i corvi, gittando alla notte funebri grida di trion-fo, svolazzavano pesanti tra le querci e le sughere, si accomodavano a dormire fra i rami fronzuti ripulen-dosi alla corteccia i becchi insanguinati, mentre l'armento, svegliatosi, belava a lungo nella solitudine enorme, chiamando invano il suo re.

IL NATALE DI GRANFIALUNGA

La famiglia di Granfialunga minacciava di passare orribilmente le feste di Natale. I cacciatori da diversi giorni non battevano più il bosco dove i sentieri era-no ormai completamente ricoperti dalla neve e dove, sotto le borraccine indurite dal gelo, si nascondevano, giù per i declivi, lastre di ghiaccio traditore; ma ap-punto per questo agli scarsi abitatori superstiti di tante trappole e di tante battute, la vita diventava dif-ficile.

Granfialunga, sua moglie (la Rossa) e i tre volpac-chiotti stenti ed affamati, erano costretti, se volevano bere, a interrompere le loro abitudini di nottambuli impenitenti e a scappar fuori col sole.

Un raggio di sole, verso mezzogiorno, quando non nevicasse, s'apriva faticosamente uno spiraglio fra l'ovatta bigia delle nuvole, e batteva sopra una poz-zanghera gelata del borro, immobile coi suoi pendoni di cascatelle ghiacciate, fra le due pareti opache d'ontani, d'ellera e di capelvenere, e la fondeva un pochino.

In quella poltiglia marmata i volpacchiotti caccia-vano, l'un dopo l'altro, il muso a punta, vibrando la lingua rossa ed avida, mentre i genitori a sedere, in al-to, in mezzo al viottolo, coi fianchi magri ansanti sot-to il pelame d'inverno riccioluto e sudicio, facevano buona guardia; poi, a turno, bevevano anche loro, quindi la madre in testa, i figlioli dietro, in fila india-na, e il babbo in coda, che si voltava ogni poco a guardare se erano spiati o seguiti, tornavano a rim-bucarsi a passo di carica sotto il masso delle fate.

Ma occorreva mangiare! Era di carne tiepida e di sangue fumante che abbisognavano quelle costole sporgenti come le intelaiature dei panieri di vimini!

Che cosa volete che facesse, a gole inaridite dalla sete e atrofizzate dalla fame, un povero pettirosso chiappato a volo, tra due scope ciuffose, e buttato giù intero, col becco, le penne e ogni cosa?

La Rossa aveva assediata, una notte lunga, la quercia delle ghiandaie, ma il gufo che ne abitava il tronco era salito zitto zitto lungo i meandri del vano, e, sbucato fuori dall'apertura delle inforcature, aveva staccato un volo pesante perdendosi nel bosco, ben pasciuto com'era di topolini fangosi che nidificavano a dozzine fra le barbe delle scope e dei tassi.

I topolini non piacevano a Granfialunga, gli mette-vano l'uggia allo stomaco, ma di spedizioni verso l'abitato non c'era da parlarne neppure perchè, quando non vanno a caccia, i cani stanno rintanati nei fienili e sotto i pagliai e urlano come disperati al menomo romore sospetto.

*
* *

La vigilia di Natale la boscaglia diventò tragica.

Nevicava così fitto che non ci si vedeva un palmo di là dal naso, e le piante, sotto la ridda fantastica dei fiocchi larghi svolazzanti i quali si posavano sui rami colla leggerezza di farfalle stanche, parevano curvarsi, rannicchiarsi su se stesse, rabbrividendo.

Granfialunga guardava lo spettacolo con un sol oc-chio, un occhio rosso, appostato in fondo a uno sforo alto del cumulo di macigni rotolati l'uno sull'altro chissà in qual cataclisma remoto, occhio che, in quel buio, luccicava simile al cul d'un bruco nella notte.

Dietro di lui la Rossa s'agitava, liberandosi a zam-pate dai cuccioli irrequieti, tornati a cercarle le poppe come pochi mesi prima, e brontolava, ringhiando; ma nella tana c'era calduccio e il vento, impedito dalle tortuosità dei meandri del budello oscuro il quale conduceva al giaciglio, sbucando poi a valle in un punto nascosto da tassi e da cicute densissime, non arrivava fin lì.

D'intorno erano ossi di pollo e di leprotti scarnifi-cati come non saprebbe fare un chirurgo, bianchi e levigati, senza una goccia di siero o di grasso, e alcu-ne penne di cui non rimaneva ormai che il cannonci-no, color di rosa all'attaccatura.

Granfialunga, a un tratto, sobbalzò e la Rossa, scuotendosi di dosso i cuccioli, fu, d'un salto, al suo fianco.

Dal buco aperto sul turbinio del nevischio si di-stingueva un pezzo di terreno, bianco scaciato, sco-perto, e su quello spiazzo azzurrognolo, d'un azzurro che riflettendo il cielo gelido metteva i brividi, quasi nero contro la neve, si vide passare una lepre.

Avanzava a piccoli salti, di sbieco, cogli occhi rossi smisuratamente dilatati, e le orecchie tese; quando si fermava, si vedeva il fiato uscire dal naso che non stava mai fermo. Era enorme, una lepre vecchia, di macchia, col pelo che incanutiva qua e là.

– Dove avrà la tana? – chiese Granfialunga, lec-candosi i baffi dalla libidine, alla Rossa, che stranutì. Allo stranuto, benchè leggero come un soffio, il le-prone scattò sulle due suste deretane e si perse nel folto.

– Lontano, di certo – rispose la Rossa. – Per essere in piedi a quest'ora vuol dire che l'hanno disturbata nel covo e i suoi leprotti, se non mi sbaglio, sono già in grado di starsene per conto loro; quelli teneri, che farebbero comodo ai nostri cuccioli, li ha sempre in corpo.

– Già! – sospirò Granfialunga – dimenticavo che le lepri partoriscono di gennaio e noi siamo sempre a dicembre! Eppure non si può mica star digiuni anche stanotte!

– Stanotte – brontolò la Rossa ributtandosi a cuc-cia – gli uomini fanno festa.....

– Festa? che festa?

– Non te lo ricordi? Anche l'anno passato, in que-sta sera, si videro i lumi nelle case e specialmente in quella casa più grande; e gli uomini cantavano..... cantarono fino a mezzanotte, quando suonarono le campane e noi, di dietro la siepe, si stette a vederli passare, a branchi, tutti imbacuccati dal freddo!

– Sì, ma quell'anno c'era la luna e non c'era la ne-ve, e io feci quel certo colpettino.....

– Se si tentasse?

– In che modo?

– Si lasciano i cuccioli nella tana; poi si va diritti alle case.....

– E i cani ci mangiano!

– Adagio! Prima di tutto, se seguita a nevicare i ca-ni non escono dalle stalle o dai canili, poi, noi due ci dividiamo il còmpito. Tu terrai a bada i cani, mentre che io entrerò nel pollaio..... Dal momento che non c'è nessuno!.....

– Ragion di più per andar cauti! Quando gli uomini abbandonano la casa, lasciano sempre a guardia le trappole!

– Oh! per questo, quando son sicura di non esser presa a fucilate, so io da che strada passare per evitar le tagliòle!

– Quand'è così, proviamo pure, perchè io son cie-co dalla fame.

*
* *

Tentarono invano di dormire, finchè verso la mez-zanotte, raccomandando ai cuccioli di non si muove-re, scivolarono dall'apertura, Granfialunga avanti e la Rossa dietro, e s'incamminarono.

Andavano di trotto, uguale, elastico, senza curarsi dell'orme che lasciavano sulla neve e della scia delle lunghe code a spazzola, dove le zecche, rintanandosi sotto la pelle al contatto dell'umido, incidevano delle vere piaghe che bruciavano come zolfini accesi, diretti risolutamente all'abitato.

Sotto la siepe della strada maestra si soffermarono ad ascoltare. Un grande scalpiccìo giunse ai loro orecchi.

Guardarono da un forame e videro i contadini e le contadine, imbacuccati, neri sul biancheggiar della neve, che andavano verso «la casa grande» cioè la chiesa, tutta sfolgorante di lumi.

Nevicava sempre più forte.

Granfialunga prese di mira un fabbricato rossiccio con un gran portico davanti e, di slancio, traversata la strada, arrivò al cancello, chiuso, si insinuò di tra le sbarre, seguito dalla Rossa, e fu sull'aia.

Lungo l'aia ricorreva un muricciolo basso; le due volpi lo girarono e, per una viottola, arrivarono die-tro la casa.

Che odore di pollame! Il pollaio era lì, a portata di ugnelli, non troppo alto, coperto di tegole mal con-nesse.

La Rossa si tirò indietro, prese la misura e il tem-po, e schizzò sul tetto.

Granfialunga comprese la tattica della compagna; lassù non c'erano certo trappole da temere. Bastava che lui tenesse a bada i cani, intanto che lei smuoveva un embrice e si calava giù.....

O come mai i cani non si facevano vivi?

Granfialunga, avendo visto una finestra bassa, il-luminata, non potè fare a meno di schizzare sul da-vanzale e di guardare dentro dai vetri appannati.

Quanta grazia di Dio!

Nel mezzo c'era una tavola apparecchiata, con bic-chieri, stoviglie, fiaschi di vino, un cappone lesso che fumava e un tegame, enorme, di zuppa, la quale s'andava raffreddando, mentre un cane da lepre e un restone, legati con lo stesso guinzaglio al piede d'una madia monumentale, cercavano invano, tirando di naso, alzandosi sulle gambe di dietro e strangolandosi col collare, di pigliare, almeno col fiuto, un anticipo sulla cena di Ceppo di cui non sarebbero toccate loro che le ossa.

Quelle due bestie legate fecero a Granfialunga qual-cosa fra la compassione e lo schifo.

Se fosse stato un uomo avrebbe detto: che abbru-timento! Ma, certamente pensò un quid simile, per-chè, imbaldanzito, non potè resistere alla tentazione di battere, col muso, al cristallo.

*
* *

I due cani rizzarono le orecchie ed il pelo, ruglian-do; girarono un po' in qua un po' in là gli occhi mo-bilissimi e, finalmente, videro le pupille rosse della volpe che li schernivano, oltre il vetro.

Allora divennero frenetici.

Dai ringhi, passarono ai brontolii, poi ai guaiti, agli «scagni» più laceranti, agli abbaiamenti più pale-si di rabbia, di furore compresso, di impotente bile.

Granfialunga, con un rictus terribile scuopriva i denti bianchi affilati ad un riso offensivo e i due cani minacciavano di spezzare il guinzaglio di solidissima fune, ritti in bilico sulle zampe di dietro, spenzolan-dosi con tutto il peso del corpo gravato sopra il col-lare, cacciando urli acuti che volevano forse essere of-fese e minacce.

Granfialunga, felice dell'umiliazione dei suoi nemi-ci più implacabili, non si sarebbe mai staccato di lì; ma una voce scordata, di vecchio catarroso, che veni-va di sopra, lo mise in sospetto.

– Ma cosa c'è? – urlava la voce. – Non mi lascian riposare questi assassini! Assunta! Menica! Gosto! Giù Ras! a cuccia Reno! Reno! Ras! Ma cosa succe-de?

Uno scoppio di tosse interrompeva le grida, poi il vecchio ripigliava più fioco: – Menica! Gosto! Non c'è rimasto un'anima viva, accidenti!

– Ma che fai? Scendi, svelto, vien via! – sussurrava di sotto la Rossa, la quale era entrata nel pollaio dove le vedove dormivano in fila sui bastoni sognando i mariti ciondoloni dai beccatelli, senza penne, e schi-dioni lenti intorno a fiammate scoppiettanti e ne ave-va sgozzate quattro, portandole fuori una dopo l'altra.

Granfialunga non si voltò; con terrore e meraviglia della Rossa, pareva incollato al vetro.

Perchè, ora, succedeva un fatto straordinario.

Agli urti reiterati dei due cani furibondi la madia monumentale, dopo avere oscillato più volte in modo inquietante, cedeva e con un'inclinazione terribile ve-niva avanti, addosso alle due bestie, spalancava gli sportelli, vomitando una valanga di piatti, seppelliva il lepraiòlo e il restone, piombava sulla tavola, fran-tumando il lume e ogni cosa.....

Al fracasso spaventevole il vecchio, raddoppiate le grida, balzava dal letto, spalancava la finestra, ber-ciando: — I ladri! aiuto! accorrete.

Granfialunga e la Rossa, raccolte, ciascuno, due galline ancora starnazzanti le ali negli ultimi tratti dell'agonia, si slanciavano come proiettili, sull'aia, traversavano, d'un salto stupendo, la strada e

60

s'inabissavano nel bosco, muto come un immenso monumento di marmo bianco, sotto la neve di cui i fiocchi seguitavano ad inseguirsi l'un dopo l'altro, dal cielo nero, posandosi rapidi sulla terra e confon-dendosi subito all'immenso tappeto uniforme dove ogni traccia non rimaneva scoperta più di mezzo mi-nuto.

Sotto la chiesa, che staccava coi suoi finestroni fiammeggianti in cima al poggio dove i cipressi pare-vano sforzarsi di sollevare i corpi snelli e neri del len-zuolo che li andava sempre maggiormente avvolgen-do, la Rossa si fermò, e, posate sulla neve le due gal-line, chiese al marito colla bocca tutta piena di penne: — Ma, insomma, vuoi dirmi quel che facevi?

– Nulla! – rispose Granfialunga. – Ma ci hanno mandato a male tanti desinari, gli uomini..... e, sta-notte, ho voluto buttare all'aria il loro..... Te lo spie-gherò dopo; ora l'importante è di rientrare in casa e di mangiare.

Le due volpi si tuffarono nella selva e vi scompar-vero. Velato, velato, si diffondeva sulla campagna ovattata di neve un fioco suon di campane.

CORVI

Nell'isola del Giglio abitano due corvi. Quando uno dei corvi viene a morte, l'altro, maschio o femmina, si lagna lungamente librandosi in ruote concen-triche sul cadavere; poi, appena questo è ridotto una cosa informe, uno schifoso mucchio di penne violette grumate di sangue putrido, s'alza sulla cima della Pa-gàna, caccia tre gridi e vola verso levante, si reca sul continente, fra le macchie basse dell'Argentario o tra le sughere dell'Alberese, a cercarvi la nuova sposa o il nuovo sposo da scortare nell'isola.

La sera dopo, al tramonto, si vedono le due bestie giungere, remigando lente coll'ali negre in mezzo al cielo d'ametista, e gli agricoltori scabri che disputano al terreno scaglioso ed avaro i cantucci dove possano attecchire le barbe delle viti ansoniche, alzano il capo dal lavoro, poggiando una palma al manico della vanga e facendo, coll'altra, solecchio alla fronte, mormorano, quasi con superstiziosa paura: – Ecco i corvi che ritornano.....

I due corvi volano fin sulla cima della Pagàna e gracchiano.

Forse il corvo anziano fa gli onori di casa al corvo nuovo.

Gli insegna, accennando col lungo becco a pugnale, la cerchia merlata dell'antica badia Cistercense tra-mutata in castello munito, i due fari del Capel Rosso e di Punta Fenaio, bianchi come minareti, piantati dagli uomini moderni, il piccolo porto dove le formi-cole umane non riparano a precipitare nel golfo luna-to macigni a difesa dalle tramontanate, l'isoletta di Giannutri acciambellata come un verme, sull'onde, le cuspidi taglienti di Montecristo e le montagne dirupa-te della Corsica.

Poi, con larghe volute, i due corvi calano e si libra-no bassi sul caos granitico del Pietraio.

L'ospite nuovo gracchia lugubremente, di gioia, mentre l'altro gli narra la fosca usanza.

Nel baratro impraticabile, dove secoli e vènti si so-no divertiti a scolpire nel granito figure chimeriche che incutono terrore in chi sale, per il sentiero arduo scavato dall'acque piovane nel fianco del monte di pietra, verso il Castello, vengono gettati a morire i ciuchi malati e incurabili, azzoppiti, o, per vecchiaia, impotenti.

Allora è gran festa per i due foschi rapaci.

Sbattendo le grandi ali nere e crocidando, s'avvolgono sul cratere aperto nel monte, sopra la valanga di blocchi granitici rosei ed azzurri vomitata dall'immane squarcio della montagna monolitica in chi sa quale cataclisma, o seguono, con ansiosa volut-tà, tutte le fasi dell'agonia lunghissima dell'asino, an-sante tra le implacabili muraglie di sassi.

Il ciuco, steso di quarto, s'agita perchè le pietre aguzze gli tormentano la pancia grama, voltando ogni tanto lo scartoccio d'un orecchio al croscio, recato dal vento, di qualche polla remota giù fra i lentischi e i quercioli.

La infinita pazienza degli occhi trabocca in sudice lacrime giù per il muso affilato, mentre uno degli zoc-coli anteriori raspa invano con movimenti meccanici, e la lingua penzola, gialla, fuori dei denti scoperti.

Al crepuscolo tutta l'isola raglia.

Più di cinquecento somari si chiamano, si rispon-dono, levano un inno straziante alle mangiatoie piene di paglia nelle stalle microscopiche dentro le viuzze contorte, sotto i balzòli fioriti di panni multicolori che stillano lenti sul pollame raspante nel fango sordido.

Il sole scende e i ragli salgono, adunandosi, su, verso la cima, dove cominciano ad arrivare i ciuchi da tutti i sentieri, in un solo raglio mostruoso che si spande, col suono delle campane, sul mare, mentre il sole, nel tuffarsi, sprizza faville come un ferro incan-descente immerso nell'acqua.

Il condannato, tenta anche lui, di rispondere.

Chiama, disperatamente, al soccorso.

Una manciata di paglia, un sorso di acqua soltan-to!.....

Poi si accascia, senza speranza.

I corvi non hanno coraggio di piombare a picco sulla enorme preda vivente e di pugnalarla coi lunghi becchi gialli più forti dell'acciaio.

Aspetteranno all'alba.

E lentamente, crocidando, remigano fino a certi pi-ni, altissimi, riposo gradito dei colombacci durante la migrazione; si nascondono brontolando fra gli aghi folti, s'appollaiano sui rami più alti e s'addormentano col becco nascosto sotto un'ala, si-mile ad un pugnale cacciato nella guaina, mentre il cielo si fiorisce di stelle...

E, all'aurora, il pugnale è sguainato.

Le due spaventevoli bestie tornano sul luogo del supplizio e scendono al livello del cratere.

L'asino agonizza, cercando la luce cogli occhi la-crimosi nei quali la morte è riuscita a velare la vita, non l'espressione di pazienza ineffabile con cui la be-stia ha accettato il martirio.

Prima l'uno, poi l'altro, affondano i becchi nei suoi occhi dolenti.

Giù per il muso affilato scivolano silenziosi due ri-gagnoli neri di sangue.

I corvi, frugano, inebriati, le immani ferite, scava-no, fino al cervello, aggrappati cogli unghielli d'onice alla pelle rugosa del collo, sbattendo le ali immonde per mantener l'equilibrio, schizzandosi la rilucente veste viola di sangue e midollo.

Ogni boccon buono dei più morbidi, strappato, è un crà! di trionfo.

L'ombra gira, adagio; il sole investe la conca scheggiata, splende ridendo sul festino macabro.

Satolli, non sazi, i volatili s'alzano a malincuore dal pasto.

Barcollano, trascinando le ali, come grucce, coll'epa gonfia da scoppiare, lordi di sangue e di grumi viscidi, congratulandosi fra loro.

Poi levano un volo pigro, obliquo, che rade la ter-ra, scendono sopra un macigno, si posano sopra una sabina nana.

– Crà!

– Crà!

Il sole sfolgora; ci penserà lui ad ammorbidire il pancione duro dell'asino, a generare i vermi che, con la putrefazione, faranno scoppiar la carogna.

Allora il festino comincerà di nuovo, perdutamen-te.

Per il momento occorre far buona guardia perchè rapaci a quattro gambe, volpi, cani, faine, non intac-chino la riserva golosa.

Un cane da lepre, tisico, cieco da un occhio, colle costole rigide come i manichi d'un paniere, col pelo intignato, si striscia fra le statue chimeriche del Pie-traio, attirato dal puzzo.

Giunge vicino alla carogna, mugola.....

Un'ombra cerulea sfiora il terreno.

Un'altra ombra passa, rapida come un sogno, da-vanti all'unico occhio del cane; poi due ali minacciose gli sbattono vicino al naso e un urlo guerriero risuo-na: crà! crà!

Il cane fa un salto e addenta un pezzo di còio del ciuco morto.

Ma le due ombre gli s'incrociano innanzi vertigino-se, quattro ali gli ventilano il muso. La bestia ringhia, col pelo rigido, abbaia...

– Crà! Crà!

– Crà!

Un occhio solo! è troppo prezioso per indugiar-si..... è meglio abbandonare la preda.

Il cane tignoso batte in ritirata, mentre i corvi lo seguono, dal cielo, bravando.

La vetta inaccessibile della Pagàna è il loro domi-nio, assoluto, e le carogne dei ciuchi gettati al Pie-traio, e quelle delle pecore smarrite nei burroni, e i gatti stroncati a legnate dai ragazzi, e le fave freschis-sime dei baccellai, nell'albe rugiadose di primavera, sono loro proprietà come quell'aria tiepida eterna-mente che li fa rimanere nell'isola anche quando i branchi del continente, alle prime brinate invernali, migrano verso i pascoli di mezzogiorno.

IL MAL DELLO SCOGLIO

È difficile immaginare qualche cosa di più magnifi-camente tragico delle «vere» scogliere marine, di quel-le che sono di tal natura da impedire ogni approdo e che nascondono dietro al panoramino (quale appari-sce di lontano ai naviganti) scenarii prodigiosi di ar-chitetture bizzarre dovute al capriccio pazzesco degli elementi, scogliere da non confondersi con quelle pic-cole gettate di macigni così frequenti lungo la spiaggia Labronica o con quelle artificiali che graziosamente abbelliscono i golfi di Castiglioncello e di Quercianel-la.

Se ci si addentra nelle vere scogliere, in quelle per esempio, delle isole di Montecristo, del Giglio, di Giannutri, di Capri, si comprende subito come potè formarsi il mito delle Sirene o della maga Circe, tanto più che, probabilmente, di là delle scogliere in parola si doverono alzare un giorno, folte e minacciose fore-ste, abitate da tribù selvagge e predaci le quali forse mandavano le loro donne a spiare tra i monoliti ci-clopici le navi veleggianti al largo e ad adescare, con lunghe cantilene di invito, nella gloria azzurra del cie-lo, sulle vette dei faraglioni, i navigatori.

Io rispetto, e stimo fine alle lacrime, la letteratura di cui ho visto farsi, di recente, banditori e assertori taluni scrittori italiani, letteratura che consiste nell'esprimere con poche parole le più semplici, le più stupide, anzi, del linguaggio comune, quello che si vede o che si vuol dire, ma disgraziatamente là dove uno di questi scrittori puri vedrebbe soltanto un sas-so battuto dal sole con una vigna vicina, io ci vedo il gigante di granito lavorato dal mare e dai venti in una frenesia di spume e indovino dattorno la natura ver-gine delle età sepolte nel passato e gli abitanti selvag-gi i quali si mutarono, traverso i racconti di quella povera gente che furono i poeti, in Deità, e apersero alla nostra irrequietezza spirituale le porte scintillanti del Mito.

Per conseguenza tutte le volte ch'io posso, mi di-verto con una barca a costeggiare la strana galleria di statue bizzarre, di mostri colossali, di grotte fantasti-che, che il mare continuamente lavora e cambia con pazienza di secoli, deriso dal vento, il quale, su in al-to, lavora e cambia continuamente le nuvole con ca-pricci di istanti.

Una mattina fui invitato, da alcuni pescatori, miei buoni amici, a recarmi a passare una giornata intera fra le scogliere. Si sarebbe fatto il bagno, avremmo pescato e avremmo, infine, consumato un pranzetto marinaresco, nascosti fra le gigantesche maestà del granito, o, come dicevano i buoni pescatori nel loro gergo, fra le còti.

L'entusiasmo col quale accolsi la proposta fu tale che qualcuno mi domandò se io ero mai stato sulle scogliere.

Dissi di sì, perchè, infatti, vi avevo trascorso qual-che ora per diporto, passeggiando lungo i fianchi più dirupati dell'Isola del Giglio; ma in verità non mi era mai successo di passare fra gli scogli una dozzina d'ore; in ogni modo immaginai che la domanda fosse dettata da pura curiosità e i postulanti furono paghi della risposta.

L'alba mi trovò sulla spiaggia, colla pipa in bocca, pronto a partire, armato, bene inteso, della insepara-bile cassetta da pittore.

Nel momento in cui mettevo piede in barca mi fu chiesto se avevo pensato a bere un bicchierino di co-gnac o d'elixir di china.

Mi misi a ridere.

– Non bevo mai liquori, e tanto meno a digiuno; quanto al mare non mi fa nulla eppoi si tratta di una giratina in barca di pochi chilometri.

I vogatori presero i remi e salpammo proprio men-tre un limpidissimo sole sorgeva dietro i cobalti e i viola dell'Argentario; naturalmente, il viaggetto fu ot-timo e, appena sbarcati e abbandonata la barca in una insenatura dove il risucchio non arrivava (osta-colato da alcuni sassi a fior d'acqua che avevamo sa-pientemente girati per giungervi) si fece un bagno de-lizioso, dopo il quale ci si divise in due gruppi, uno che doveva provvedere il desinare e uno che doveva cucinarlo.

In un momento l'odore del soffritto si levò nell'aria brillante di quella mattinata stupenda, men-tre i pescatori, per far più presto ed essere sicuri del fatto proprio, buttavano sopra due branchi di «oc-chiate» placidamente natanti ad una relativa profon-dità, due cartucce di dinamite che ne fecero strage.

Poi, tanto per non parere (dato il caso, rarissimo, che il rombo dello scoppio avesse potuto richiamare qualche agente di finanza in perlustrazione) si misero a pescare con una piccola rete.

Io m'annoiavo, ma ricordandomi d'aver portata la cassetta, andai in cerca d'un soggetto, e cominciai ad inerpicarmi sui macigni dove il mare ha tracciato passaggi, gallerie, corridoi, grotte, saloni, abitazione di tutti i mostri favolosi della leggenda che vi si rifu-giano urlando lamentevolmente e suonando le loro nicchie ritorte, quando i gabbiani si rimandano grida rauche di gioia inebriati dalla burrasca.

Trovai, finalmente, il luogo adatto, e mi posi a se-dere all'ombra di un immenso monolite che sporgeva di sopra un cumulo di blocchi granitici, lungo come un enorme becco, mentre, di faccia a me, dall'ovale imperfetto aperto dal vento in una parete di granito levigata dagli assalti delle schiume, splendeva un lembo di mare di un turchino inverosimile e su tutto il sole diffondeva la sua musica d'oro.

Ma avevo appena incominciato a dipingere che provai uno strano malessere; mi colse come un senso di sonnolenza, di languore.....

Smisi di fumare, però la strana sensazione oppri-mente non accennava a cessare.

Posai la cassetta e ripresi a girellare fra le pareti oblique delle scogliere, ma l'afa che emanava dai gra-niti riverberanti da migliaia di scagliole multicolori i raggi ardenti del sole, era insopportabile.

Adagio, adagio, cominciai a provare l'illusione che le immense figurazioni di pietra si muovessero lenta-mente con un movimento impercettibile di coesione, per stritolarmi in una stretta di pietra e, con fatica, scalai una delle muraglie più basse e di blocco in blocco, sudato, fradicio, pervenni in cima, ristetti immobile, in pieno cielo, sopra una confusione biz-zarra di massi infuocati simili ad una moltitudine di cranii di giganti affollati sotto di me.

Paesaggio implacabile, paesaggio desolato, pae-saggio muto, paesaggio arroventato..... mi metteva paura e stanchezza.

Il mare era deserto, senza una vela, il cielo era bianco, come il ferro candente quando il calorico ha raggiunto il parossismo e di sotto ai piedi calzati di sparto il fuoco dei macigni mi saliva fino al cuore in-debolendo tutte le mie energie.

Chiamato intorno al caldaro del cacciucco credei mangiandone abbondantemente, e mandandoci dietro alcuni bicchieri di vino aspro e gagliardo, di recupe-rar le forze, ma il sonno mi vinse.

Non percepivo più nè chi fossi, nè dove fossi, sen-tii, come in un sogno, una voce che mi consigliava di sdraiarmi all'ombra, andai in cerca dell'ombra, bar-collando, cogli occhi pieni di scintille e la bocca ama-ra di sale, mi adagiai, supino, e caddi in un sopore agitato che non era sonno.

Ero all'ombra, eppure un riflesso mi bucava le palpebre chiuse; mi provai ad aprirle e vidi sopra di me il cielo rovente fra due colossi di granito azzurro.

Un romore indistinto che aumentava di continuo m'avvertì come, forse, si fosse levato il vento, ma fi-no a me non ne giungeva refrigerio alcuno.

Ero ormai imprigionato fra le pietre, incapace di un solo movimento, fatto di pietra io stesso.

Il romore aumentava, il mare, col declinare del sole cominciava il suo assalto serotino alla barriera di scogli, s'insinuava nelle grotte a fior d'acqua, le con-sumava col suo bacio lento e crudele.

Vivevo, ma di una vita torbida ed oscura, in una sub-coscienza misteriosa dalla quale non emergeva nè gioia nè dolore, permeato completamente dalla mate-ria inerte del sasso. Le molecole del mio corpo non avevano più movimento, mi irrigidivo in una insensi-bilità minerale.

Il mare russava, e il vento cantava, rammulinando-si voluttuosamente negli antri eolii, quasi a cullarlo nell'imminenza della sera.

Poi delle voci strane serpeggiarono fra i meandri del granito, furono raccolte dagli echi, risuonarono nella convessità delle pareti, come richiami fiochi di nicchie soffiate da bocche tritonie.

Allora credei veramente che il mio sonno durasse da secoli, perdei del tutto la nozione dell'ora e dell'ambiente, m'indurii in una staticità minerale e poichè ancora ardevo della gran fiamma del sole, scomparso, del riverbero del cielo divenuto d'oro ad un tratto, presi ad augurarmi che la burrasca, agitan-do i marosi, li sollevasse e li abbattesse sugli scogli e su me, placando l'arsura della pietra, e aspettai con ferma fiducia che qualche stillante Deità marina stri-sciasse sul mio corpo irrigidito per arrampicarsi fino alle cime aspre e gittare il suo richiamo alla notte.

Dallo strappo di cielo affacciato fra i due colossi di granito, ormai violetti, pareva piovesse sangue, men-tre la canzone della risacca accelerava il suo ritmo.

Poi il sangue rosso cedette ad un verde smeraldo che incupì fino al cobalto intenso e nelle profondità di quel turchino battè le ciglia una stella.

Tutti li scogli urlavano ora, impotenti a sciogliersi dall'incantesimo della loro immobilità, flagellati dai flutti che si scagliavano all'assalto e si ritiravano con uno scroscio, frantumati dall'urto.

E anch'io gridai, selvaggiamente, perdutamente, prigioniero di me stesso, senza poter muovere un di-to, e subito delle voci umane spezzarono l'illusione, fecero dileguare il sogno, delle mani robuste mi solle-varono, mi porsero da bere, mentre, intontito, fuori di me, domandavo che cosa fosse successo.

– Nulla! Nulla..... il male dello scoglio..... le è parso d'esser divenuto pesante, non è vero? d'essere im-possibilitato a muoversi, ha sognato a occhi aperti? beva e venga via, s'è levato maestrale, la vela è piena di vento e fra un quarto d'ora saremo al porto.....

– Sì..... ma le naiadi..... i tritoni.....

– Cosa dice? su, su, si scuota, si svegli... mi dia la mano..... badi, c'è un bel salto da fare..... ecco la bar-ca..... monti..... monti..... Giacomo, pigliate il timo-ne..... Lionero, molla!

La vela schioccò, tendendosi, e la barca s'adagiò di fianco come un nuotatore che rompa la corrente di punta; con un balzo fu al largo, i flutti parevano ba-loccarsi a sospingerla, da poppa, così per giòco; le scogliere, divenute ormai oscure forme straordinarie protese sul bollore dell'acque, urlavano sempre, ani-mate da una vita misteriosa, sotto il cielo cupo fre-mente di stelle.

UN ATOMO D'INFINITO

Ho provato l'ansia dell'infinito, o, per dir meglio, la provo sempre, quando ripenso ai momenti nei qua-li mi parve che il tempo si fosse arrestato e nei quali, perdendo la nozione dello spazio e del numero, non ricordai più nulla di tutto quel che mi lega, e ci lega, alla vita.

Momenti veramente, anzi attimi, perchè subito la realtà riprese il suo dominio, ma così straordinarii, che vorrei riuscire a darne un'idea approssimativa. Confesso però che dubito molto d'esserne capace; perchè, in fin dei conti, più o meno, si riesce sempre a descrivere quello che è, ma è ben difficile rendere, an-che col sussidio delle più lambiccate parole, quel che non è.

Ed io in qualche rarissimo attimo della mia esisten-za ho provato l'angoscia e la voluttà di non essere.

Angoscia e voluttà poichè, in quegli istanti, si ha insieme la sensazione che la vita ci abbandoni e quella d'esser trasportati in uno spazio senza limiti dove i tormenti del pensiero e del corpo non esistono più.

L'ultima volta in cui mi accadde questo fenomeno fu all'isola di Giannutri, scoglio solitario nell'arcipelago toscano, fra l'isola del Giglio e Porto Ercole.

Bisogna che i lettori sappiano esattamente che cosa c'è in codesto posto per farsi un concetto approssi-mativo del mio stato d'animo.

Giannutri non oltrepassa due miglia di lunghezza, ed è abitata soltanto da tre fanalisti e da due contadi-ni i quali coltivano una grama vigna.

Vi erano, fino alla fine del 1922, pure due eremiti, un ex capitano garibaldino e una sua figlioccia, ma dopo la morte di lui anche i sotterranei della villa ro-mana, di cui affiorano le rovine tra i radi lentischi, e che si crede abbia appartenuto ai Domizii Enobarbi, sono rimasti deserti.

È facile dunque immaginare come il principale si-gnore dell'isola sia il silenzio.

E di silenzio mi abbeverai un giorno d'Agosto che trascorsi dipingendo e fantasticando sullo scoglio tir-reno.

Avevo lasciata la tartàna, con cui ero approdato, nella Cala degli Spalmatoi, specie di baia semicircola-re composta di rocce vulcaniche basse e color del fer-ro, sormontata da un poggio folto di corbezzoli e di sabine, dando appuntamento ai marinai e a mia mo-glie che si recavano a pescare, per il tramonto.

E al tramonto, dopo essere stato dalle undici alle diciannove completamente solo fra mezzo ai ruderi romani, ai mirti, ai ginepri, in faccia alla distesa scon-finata del mare placido, d'un azzurro abbagliante, scesi puntualmente alla Cala dove m'aspettava a bordo il caldàro di cacciucco fumante.

Fu proprio così che ebbi l'impressione di cui non potrò scordarmi più mai.

I marinari mi avevano lasciata la lancia arenata alla spiaggia ond'io potessi raggiungere la barca, ancora-ta, immobile nella gran calma serale, al largo, in mez-zo alla baia, perchè, dopo cena, dovendo dormire in attesa che s'alzasse il vento il quale doveva ricondur-ci all'isola del Giglio, da cui si era venuti, non ci mo-lestassero le zanzare, numerosissime a terra.

Appena fui sceso dal poggio di lentischi e di mirti depositai in fondo alla lancia la cassetta da pittore e il panchetto, poi, scalzatomi, spinsi la barca nell'acqua, vi saltai dentro e presi i remi.

Ma i remi mi caddero di mano.....

E rimasi, attonito e smemorato, a guardare lo spet-tacolo che mi si spiegava d'intorno.

Il sole, tramontando, aveva lasciato il cielo del tò-no preciso dell'oro vecchio, un po' verde, e i due promontorii della baia, violetti per il gran contrasto dei colori circostanti, s'adagiavano immobili sulle ac-que ferme, assolutamente rosse, di un rosso traspa-rentissimo di lacca carminata chiara.

La tartàna un po' di fianco, colla vela floscia, ma già alzata, pareva, tuffata in quel sangue brillante, un pesce favoloso con un'enorme pinna a fior d'acqua.

Non un uccello nel cielo, non una figura umana sul-le scogliere, non un canto, un latrato di cani, non un lontano suono di campane; nulla.

L'isola con tutte le forme e tutti i colori fusi nel violetto cupo contro il fulgore incredibile dell'oro del cielo e della porpora dell'onde, aveva qualche cosa di soprannaturale.

Sotto di me l'acqua era di un verde smeraldo lim-pido come il cristallo.

Abbassando gli occhi vedevo infinite distese di praterie d'alghe immote punteggiate dalle chiazze lac-ca-bruna dei ricci e verde veronese degli spiazzi are-nosi.

Dovunque spingessi lo sguardo il verde si univa al-la porpora, la porpora all'oro, l'oro digradava di nuovo in verde, il verde sfumava nel turchino cupo e le coste erano d'un violaceo che incupiva rapidamen-te fino a parer nero.

Non osai più muovere un dito; i remi penzolavano nell'onde come le ali d'un alcione fulminato; trattenni il respiro, perdei assolutamente la nozione dell'essere, non ricordai chi ero, dov'ero, con chi ero.

Fu una frazione infinitesimale di secondo, e in quell'atomo d'infinito ebbi la certezza dell'eternità.

Non sentivo più me, non sentivo più il peso della carne, l'angoscia del pensiero, lo stimolo della fame, la noia della stanchezza; tutto quanto mi circondava era assurdo, irreale, inesistente... e pure sempre esi-stito..... da millenni.

Il colore..... il colore!

Il colore riuniva in sè l'oro dell'alba, il giallo del meriggio, il croco del tramonto, il verde del crepusco-lo, l'azzurro della notte; l'ora non poteva precisarsi a cagione dell'assenza assoluta dell'ombre, non misu-rarsi lo spazio a causa dell'identità del cielo con le acque, non concepirsi la terra per il violetto cupo che la faceva eguale ad un'ala di nuvola, a un monolite nel deserto, a un frammento cosmico spento, precipi-te e immobile al tempo stesso negli abissi dell'eternità; il mare per la sua cristallina purezza non mandava odori, mancava il moto, mancava il suono, mancavano le percezioni dei sensi, mancava la vita.

Ora, in codesta atmosfera di sogno, mi parve, in quell'attimo, che il mio spirito si disfacesse in una gioia muta e profonda, partecipando ad un tempo dell'aria, dell'acqua, della terra, esistendo in una esi-stenza assoluta e non caduca perchè immateriale.

Ero morto, e nella morte percepivo la gioia smisu-rata di una vita senza fine perchè senza principio.

Ad un tratto una voce stentorea chiamò: – Ehi! la tartàna! A che ora partite? Gettiamo le reti verso la cala.....

– Fra mezzanotte e le due! – risposero i marinai.

– Chiamateci, per lasciarvi il passo.

– Sta bene.

E scivolando sull'onde tranquille sotto la spinta di quattro remi, una barca da pesca girò la punta di de-stra della cala ed entrò nel golfo.

Allora vidi spuntare dalla terra i ciuffi verdi della bassa vegetazione maremmana, delinearsi le anfrat-tuosità delle scogliere vulcaniche, il cielo incupire, ac-cendersi una stella, le alghe in fondo all'acque aprirsi al passaggio di una mandra pascolante e scodinzolan-te di «lecci», poi un cane, l'unico cane dell'isola, Tri-poli, abbaiò alla paranza che si ormeggiava nel picco-lo porto scavato a furia di subbia nel macigno calca-reo dagli schiavi dei Domizii.

Ero vivo. Ripresi i remi, vogai adagio, vidi a bordo della tartàna splender la fiamma e intorno al fumo af-faccendarsi mia moglie e i due marinai; sentii lo sti-molo della fame, pensai che fra pochi giorni avrei do-vuto tornare a Firenze, che a quell'ora sarei stato a mangiare fra quattro pareti, sotto la luce elettrica, guardando l'orologio per paura di far tardi al teatro.

– Sei tu? o cos'hai fatto fino ad ora solo per l'isola? cominciavo a stare in pensiero

– Salga..... mi dia la mano..... il caldàro è pron-to..... sentirà che roba! da leccarsi le dita...

– Guarda! Annusa.....

– Assaggi.....

Apersi il panchetto da pittore, mi misi comoda-mente colla schiena contro l'albero, mi tirai sulle gi-nocchia la scodella fumante e rimasi, assorto col cuc-chiaio a mezz'aria.

Poi dissi forte, ma parlando a me stesso:

– Come si sta bene da morti!

– Specialmente, risposero in coro mia moglie e i marinari attaccando la zuppa, quando siamo vivi!

E risero, di cuore, credendo che io avessi voluto di-re una spiritosaggine.

VENDEMMIA TOSCANA

Ricordo le vecchie vendemmie toscane e abbraccio l'erma del Dio Pan, che biancheggia tra il verde dei lauri d'una villa settecentesca in faccia all'anfiteatro violetto delle colline fiorite d'olivi, pregando che al-meno la vendemmia sia rispettata nel rito. Già una parte, l'ultima, la chiusura, della vendemmia toscana è scomparsa; perciò la penso con nostalgia.

L'alba. Cielo grigio velato, con quei soffici strati color cenere che piacevano tanto al placido pittore Cannicci.

Il padrone con l'«òmo» si avvia all'uccellare situa-to in vetta a un'altura tra bussi di carpini, di corbez-zoli, di cipresse basse e di mortelloni, e il capoccia impone, sull'aia, il giogo ai colossali manzi bianchi che fumano, immobili, dalle narici nere, l'occhio mansueto, rugumando tranquilli.

Capoccia e padrone si salutano, speculano il tem-po, insieme.

Il contadino, tendendo un braccio color del bronzo, indica nel cielo un piccolo triangolo nero. Le oche di passo che vanno verso il tiepido clima del mare.

Il rosso Ottobre si affretta alla vendemmia perchè dietro l'anatre selvagge il freddo cavalca le nubi cine-ree spingendosi innanzi i branchi veloci.

Allora gli uomini sapevano andare a caccia e non avevano imparato a distruggere ciecamente la specie.

Passavano i branchi veloci, talvolta, per un attimo, oscurando il cielo; chè, ai valichi dell'alpe e dell'appennino non v'erano ad attenderli, come oggi, le reti voraci che dovrebbero esser vietate o quelle cinture di bocche di fuoco che disonorano il nostro paese.

Il capoccia diceva i nomi della specie via via che i branchi si susseguivano nel cielo bigio.

Filunguelli dal volo a scatti, tordi, più lenti, prece-duti dallo zirlo molle, foriero di piovaschi, storni si-lenziosi, cornacchie astute, colombacci sordi, germani e oche dal remeggiare solenne.

Su, dal capanno, tutti i carpini, i corbezzoli, le ci-presse nane e i mortelloni, spincionavano, zirlavano, trillavano.

Dalle zolle che la prima luce lambiva, giù in fondo ai campi, era un lieto rispondere d'allodole e mattoli-ne.

Passeri a migliaia, come sbatacchiati dal vento, si abbattevano, a folate, cianciando lieti, dal tetto alla cipressaia e dalla cipressaia al pomario.

Allora non si sterminavano gli uccelli, balordamen-te come oggi, e le frutta non erano bacate.

Infine il sole rompeva da levante, pigro.

Apriva il suo occhio bianco, fra due cortine bigero-gnole di nuvole grevi, dalle cime dei monti azzurri e tutto il pianoro pareva svegliarsi, cantando.

Le allodole e le mattoline si slanciavano, a volo pazzo, per aria e di lassù godevano a librarsi sull'ali tremule sgranando perle e brillanti sonori contro il cristallo del cielo. Un falco, sull'ali distese, sceglieva coll'occhio telescopico la sua preda, croce immobile in mezzo a uno strappo delle nubi.

Anche oggi il capoccia impone il giogo ai manzi monumentali e il padrone si avvia al capannuccio di frasche.

Ma i riti si compiono in un silenzio di tomba.

Più triste è l'alba grigia di ottobre, salutata appena da qualche trillo lontano di mattolina, dallo zirlo acu-tissimo, impaurito, di un povero tordo scampato a prodigio, alle stragi. Ma io vivo di nostalgia e rivedo tutto come era allora.

Ecco, il sole ha incendiato il poggio dell'uccellare donde si susseguono, come spari di gioia, le fucilate del cacciatore.

I branchi delle cappellacce, delle panterane, inco-scienti come tutti gli animali di passo, cantano sem-pre gioiosamente, invisibili fra le zolle, di cui posseg-gono la tinta, o nel cielo col quale si confondono nel brillìo della luce.

70

Il carro, dipinto di minio, sonante di bigonce vuote rovina sobbalzando, seguito da un branco di ragazzi e di donne armate di roncole e muniti di panieri e di corbelli, giù per l'erta scoscesa e sassosa.

Da tutte le viottole l'opre, vere e improvvisate, scendono al campo.

La signorina e la pigionale, la contadina e la so-daiola, sono affratellate tutte nella gioia del mosto di cui s'indovina l'odore nell'aria umida della giornata.

Il capoccia ha fretta, perchè i nuvoli fanno il buzzo e la giornata è piuttosto sementina che da vendemmia.

Le zolle rosse colore del buon sangue umano, sem-brano chiedere la violazione della vanga e la feconda-zione del seme.

Ma i pioppi bassi attorno ai quali le viti gittano spasimando le braccia di lacca ornate da pampini co-lor della ruggine, sono opimi troppo di grappoli e il capoccia esorta l'opra ad affrettarsi, chè lo zirlo dei tordi e le righe lunghe dell'anatre gli fanno temere il cambiamento del tempo.

Rapide, tagliando le ciocche violette ai filari, splendono le lame fra i pampini rossi; nel cielo, il sole appare e scompare, di mezzo alle scale delle nuvole, gittando sprazzi d'oro e ombre cilestrine sui capi af-faccendati.

I bovi bianchi ruminano sempre, monumentali, col-le narici nere chiuse nelle gabbie di giunco, scuotendo dalle cervici lanose i fiocchi rossi delle moscaiole.

Attorno al carro rossodipinto è un gran fervore d'ammostatoi, mentre nel mezzo tino legato alle due sponde basse del plaustro si rovesciano a prova le ciocche dell'uva appena colta dalle bigonce recate a spalla, con miracoli d'equilibrio, dagli uomini più giovani.

A un tratto, come il sole riesce a vincere la nuvola-glia e in cima ad ogni pallida foglia d'olivo si accende una fiamma, da un folto rugginoso di viti il primo stornello zampilla, e un altro risponde da una vetta già brulla di grappoli.

Il sole, filtrato fra l'ovatta delle nuvole pigre, cola lungo le prode a guisa di miele e l'aria intiepidisce, sì che dall'afrore dell'uve respirato dai vendemmiatori, questi sentono diffondersi in loro come una stanca voluttà di convalescenza.

All'ombra dei mori, sui margini cortesi d'erba del fosso (oggi, in nome della patria si tenta di europeiz-zarne la lingua e i margini naturalmente si chiamano «bordi!») una dietro l'altra, vanno a sedersi, tergendo il sudore, le «opre» alle quali le donne recano la cola-zione.

Scendono le donne coi tegami, coll'anfore, colle ruote di pane in bilico, sulla testa, le mani sui fianchi lunati, e paiono statue discese dal plinto e messe in movimento per virtù di miracolo.

La terra ribolle sotto il sole che ha vinto le nebbie e rifuma la guazza donde fu inzuppata la notte, e anche il tino sul carro ribolle, assediato da un nuvolo d'api, di tafani, d'estri e di vespe; ma i bianchi buoi indiffe-renti rugumano immobili scuotendo ogni tanto sola-mente un orecchio peloso.

Sembra che sappiano come da tutte le parti del grande anfiteatro di colline la loro macchia bianca si veda e tengano a conservare la loro impassibile indif-ferenza di monumenti.

Dolce è la sera.

Il sole avviandosi al tramonto suscita dai boschi e dai filari, nudi ormai di corimbi, bagliori d'oro vec-chio e di porpora.

Il cielo è tutto un gran rogo; sotto gli orli infuocati delle nuvole si affacciano zone verdi, di quel verde lu-cente che soltanto l'Angelico seppe trovare per illu-minare le tuniche di certi suoi Cherubini.

Il capoccia ha raccomandato ai ragazzi di raccatta-re i chicchi caduti.

– Un contadino – egli dice – ricavò più di «millan-ta» barili di vino dalle chicca, e dai raspi ricavò sol-tanto dell'acquerello acido.

E i ragazzi, per i filari, nella luce sanguigna del cre-puscolo, empiono, a prova, i panieri dei lucidi chicchi caduti ai vendemmiatori.

Questi risalgono il monte a gruppi, i panieri vuoti infilati nel braccio, i corbelli vuoti sulla spalla, le ron-cole e le forbici pendenti, chiuse, dal fianco, e taluno reca il tralcio di lacca col penzolo d'oro, d'uva bianca moscata.

Li aspetta la cena; la classica cena della vendemmia toscana, che incominciata con la minestra in brodo e continuata col lesso, col pollo in umido, col pollo frit-to, col conigliolo in fricassea, con una serie di carni in salsa una più succolenta dell'altra, finisce colle paste asciutte!

E dopo la cena, occhi lustri, nasi impeperoniti, go-te che a sdrusciarvi uno zolfino piglierebbe fuoco, ti-rata via di mezzo la immensa tavola e allineate lungo le pareti le panche; il suono d'un organino inviterà al vecchio «bàrzere» e nelle pause si faranno i giochi di sala.

Il gioco del barbiere sceglie quello della brigata che notoriamente sia meno permaloso, perchè, invece che col sapone, gli fanno la barba con la filiggine del culo del paiolo, e quello del merciaio i più resistenti, do-vendo uno figurar l'asino e farsi cavalcare dall'altro; ma il gioco principe, il gioco non morto bene neanche in questo secolo distruttore e rinnovatore, è quello della «berlina».

Lì i dami, i sensali, i capoccia rivali, le ragazze in-vidiose, i cacciatori sfortunati se ne dicono, sperando di non essere riconosciuti dalla perspicacia dell'imputato, di cotte e di crude, scuoprendosi a vi-cenda gli altarini e svergognandosi amabilmente fin-chè quello, o quella, che è in berlina, sentendosi pun-ger sul vivo, scatta e addita il satireggiatore al quale tocca a pigliare il suo posto e a pagare un pegno.

I vecchi capoccia, di cui s'è perso anche lo stampo, erano capaci di dare per penitenza, agli uomini, di passare attraverso le gambe di una seggiola con un bicchiere colmo di vino sulla testa, senza versarlo, e alle ragazze di buttare un bacio al più brutto invitato della festa.

Donde uno schermirsi, un protestare, un sogghi-gnare, uno scommettere, un urlìo da non si dire, ma sempre a lieto fine, in mezzo a risate e abbaiate e chioccate di palme e fischi.

Oggi il giuoco di sala è scomparso; il contadino va al cinematografo, i vecchi guardano, melanconici, dal canto del fuoco, i più giovani «inurbarsi».

E pensano: Restate fedeli alla terra, come noi sia-mo rimasti, concimatela con strame e concime vero (mosso da uman privati), non sperdete gli uccelli nel-le radici delle razze, potate e sarchiate, propagginate le viti, sfilate le fosse, ripiantate, non vergognatevi, insomma, a fare il contadino, e la battaglia del grano e di tutti i cereali, sarà vinta.

Mite è la notte.

Quando i vendemmiatori escono per fare ritorno alle case, pioviscola adagio. Un'acqua «consolata» che prepara il terreno alle sementi prossime e fa sbocciare i crisantemi per onorare le tombe dei nostri poveri morti.

Ed ecco, o Signore Iddio, che ci avevi creati per questa dolcezza e per questa bellezza, io mi inginoc-chio e ti prego:

Fa' che dai campi, come il cavallo è sparito dalle vie e l'uccellino dalle selve, non scompaia, sostituito da brutte macchine rombanti e frementi, il candido bue di Virgilio.

CACCIA ALLE BECCACCE

Pirro Malpassi, gran cacciatore al cospetto di Dio, nonchè aiutante del Genio Civile di Grosseto, mi ave-va detto la sera avanti: – Se domani è scirocco, si troveranno poche beccacce, ma si troveranno di certo e se non reggessero o noi si fosse in vena di «padelle» si potrà ritornare a cacciarle domani l'altro e quell'altro e per tutta la settimana perchè quando il tempo è cattivo non si rimetton sull'ali: ma se invece fosse tramontano secco non avremo che un giorno solo a disposizione perchè la notte stessa ripartiran-no. In compenso ne vedremo un gran numero: a ven-tine, glielo garantisco, a ventine frulleranno!

– Ma, chiesi io, collo scirocco, saranno in un posto e col tramontano in un altro.....

– Naturalmente! quand'è scirocco si buttano nel golfo del Campese, quand'è tramontano riparano dalla parte di dietro della Pagana, giù giù fino alle macchie basse del Capel Rosso. In ogni modo domani ci si diverte! –

Eran le ventidue e la mattina ci si sarebbe dovuti alzare prestissimo, perchè bisognava essere al Castello prima di giorno, in modo da calare sul posto ai primi bagliori antelucani e trovarci in caccia a levata di sole, e si pensò bene di andare a letto.

Il cane c'era, ma sarebbe stato meglio non ci fosse, da tanto scorreva, abboccava i polli, puntava i merli e ne faceva d'ogni erba un fascio. Però Dio liberi a toccarlo a Pirro! Avrebbe preferito che gli aveste det-to male della moglie e della bambina.....

– Esuberanza, soleva dire, è qualità e non difetto, negli uomini e nelle bestie e se Tago si placa diventa un cane che nemmeno il Re d'Inghilterra!

E tutti lo lasciavano dire, perchè sapevano bene che, una volta nel bosco, l'impareggiabile Tago si sa-rebbe buttato di sfascio e non si sarebbe rivisto che all'ora del desinare.

Perchè questa intelligenza l'aveva: di comparire, appena ci si fermava per mangiare, dalle plaghe più remote, quasi che avesse posseduto il famoso odore chilometrico delle farfalle, peggio di un fantasma, im-provviso e silenzioso come la paura.

Uscendo dalla botteguccia dove si trascinavano le serate fra una briscola e una primiera, si dètte un'occhiata al mare che ribolliva nero sotto poche stelle lucentissime palpitanti in mezzo a lembi strac-ciati di nuvole color d'inchiostro.

Il padrone dell'osteria, mentre metteva le bande, presagì poco di buono per il giorno dipoi.

– Però, concluse, tempo da beccacce è. –

E noi, poichè non si voleva altro, s'andò a letto tutti felici.

Si partì alle cinque, vale a dire a buio pesto e quando si furon fatti i primi cinquecento metri di quella ripida sdrucciolevole che, a quei tempi, era l'unica strada che menasse al Castello, ci si accorse d'essere fradici intinti dal sudore, di dentro, e dalla guazza, di fuori.

Io mi fermai sbuffando, e azzardai a Pirro: – Ma..... o non era meglio, scusi, se s'era andati per mare? –

Ma Pirro mi spiegò come oltre al pericolo di non poter passare la punta del Fenaio perchè chissà che verso facevano i marosi dalla parte dei Faraglioni, ci fosse il caso che il tempo voltasse a tramontana a un tratto e allora saremmo stati obbligati a rimontare l'isola per ridiscendere poi sottovento, e, salire, per salire, era meglio arrampicarsi subito lassù dove l'alba avrebbe pensato ad orientarci.

Il mare mugghiava sinistramente nelle cale sotto-poste, mentre noi si seguitava a inerpicarci, colando sudore ed umido da tutte le parti, e facendo un passo avanti e due indietro, sul granito fradicio, colle scarpe imbullettate che ci s'era messe per attaccare sul terre-no molle e sulle foglie secche della macchia.

Lo sciacquìo del mare, benchè noi salendo ci si al-lontanasse maggiormente, pareva crescere nell'immensa ombra che ci fasciava tutti, e quel re-spiro inquieto e gigantesco ci faceva sentire di più il formidabile silenzio incombente sulla piramide di pie-tra isolata in mezzo al Tirreno.

Come Dio volle, nel buio si riuscì a distinguere un ammasso informe, anche più nero del buio stesso, e, a tentoni, inciampando negli scalini, si entrò sotto la volta bassa del Castello, camminando sopra uno stra-to alto di mota e di sudiciume. Così, sempre alla cie-ca, si sboccò su quel tratto delle mura, d'onde, dai merli e dalle bertesche, l'occhio si spazia sul mare fi-no alla Corsica, e in fondo all'abisso vede spuntare l'estremità rotonda della Torre del Campese.

Ma codesta mattina non distinsi nulla.

L'alba stava, certo, per sorgere, perchè il vento sof-fiava fortissimo ghiacciandomi addosso il sudore con un senso di molestia così insopportabile che mi sen-tii, ad un tratto, come languire lo stomaco, ma nessun chiarore s'affacciava sul mare; soltanto le tenebre di-ventavano più trasparenti, in modo che, adagio, ada-gio, cominciavo a percepire gli oggetti non come cose più buie del buio, ma come volumi densi in mezzo ad una oscurità trasparente.

Pirro, però, che non aveva melanconie per la testa e non perdeva il tempo a filosofare sulle sensazioni, mi scosse per un braccio e mi disse senza tanti preamboli:

– Caro mio, siamo fregati! Non soltanto tira sci-rocco, ma cala un nebbione da fare spavento!

E inumiditosi di saliva il dito indice l'alzò per assi-curarsi che non s'era sbagliato.

– E ora, dissi io, che cosa si fa?

– Bisogna affrettarsi alla marina, perchè l'isola è circondata di nebbia fino a un certo punto: dalla cin-tola in giù il nuvolone che la ravvolge si fa meno den-so, dilegua e, forse, sul mare ci sarà il sole. Via! e di galoppo, dovendo pigliar la strada più lunga, traver-so ai boschi, perchè se si passa dalla mulattiera ci si rompe una gamba, a dir poco, sui gradini scivolosi. Presto, andiamo!

– Ma, balbettai, mi s'è ghiacciato il sudore addosso e volevo riempir la fiasca del cognac quassù, visto che al porto non riuscii ieri a trovarne.....

– Impossibile! dormono tutti, a quest'ora, e il tem-po stringe, andiamo! E Pirro, attaccandosi al guinzale teso di quell'accidenti di Tago, s'avviò avanti, mentre io lo seguivo, col colletto della cacciatora alzato, il berretto sugli occhi e il fucile a bocche all'ingiù, reg-gendomi ai muri fradici per non cascare.

Appena fuori dalla porta le poche lastre di granito che distinguevo davanti ai miei passi erano già violet-te, segno che l'alba s'avvicinava, ma una volta usciti dalla cinta delle mura, la nebbia cominciò a entrarmi in bocca a folate dense, il vento a insinuarmi di sot-to le maniche e a ricercarmi la carne, mentre conti-nuavo a sudare come se avessi avuto la febbre. Giù per la china del bosco era peggio che andar di notte, si sdrucciolava sulle foglie marcite, non ci si vedeva un passo più in là del naso, e si inciampava ogni tan-to nelle barbe e nei tronchi morti.

– Mi pare, dissi a Pirro, che qui non ci sia nemme-no un po' di viottolo.

– No! ma, andando sempre diritto, non c'è da sba-gliare!

– Bel discorso! Il guaio si è che diritti non si può andare, perchè ogni tanto, o c'è un fosso, o c'è una ragnaia, o c'è una barriera di macigni.

In quel mentre cominciò a piovere.

Pioveva a dirotto e la nebbia, invece di diradare, aumentava.

Umido dentro, caldo e diaccio, acqua di fuori, neb-bia d'un turchino languido che faceva girare il capo e tutto quel luccichìo di foglie gialle in terra, e il goccio-le sugli occhi che colavano dalla visiera del berretto, era un insieme di cose tale da darmi la sensazione d'esser malato.

Suggestionato, cominciai a veder dei punti neri da-vanti alle pupille, mi fermai e chiesi a Pirro: – Ma dove siamo, ma dove si va?

Pirro, si fermò ad asciugarsi dalla fronte l'acqua e il sudore, e mi rispose dando un calcio a Tago, sem-pre a guinzaglio, che lo voleva tirar via: – Franca-mente, ora, non lo so più nemmen io!

– Ma lo sa, urlai riscaldandomi a buono, che non ho preso neppure un tozzo di pane in carniera? E se si sbaglia strada e si finisce nella macchia, cosa fac-ciamo, dove si va a riposarci e a mangiare un bocco-ne?

Pirro, umiliato, come se avesse confessata una col-pa, mormorò:

– E allora sarà meglio tornare indietro...

Per quanto arrabbiato, non me lo feci dire due vol-te, e via su per quei boschi, cercando se, col riscal-darmi a salire, avessi potuto vincere il malessere che m'invadeva in mezzo a così squallido paesaggio.

Ma quando, con stenti inauditi, si fu, o si credette d'essere in cima, ci si trovò di faccia a un capanno da contadini in muratura, sotto al quale un erculeo colo-no gigliese si riparava dall'acqua, che, ora, pioveva giù grossa come le schegge.

– Ma, o dove siamo? – gli chiesi.

– A due miglia dal Castello, sotto il versante sini-stro della Pagàna..... altri dieci minuti sempre a dirit-to e trovano il viottolo del Capel Rosso.

Non mi pareva possibile d'aver fatto tanto cammi-no! Il difficile consisteva nell'azzeccar la via più bre-ve per andar via.

– Beccacce, continuò il contadino prevenendo le nostre domande, non ce ne sono, nè qui nè al Campe-se, perchè ieri sera, fiutato il tempo, non si son mosse dalla costa; l'acqua e la nebbia seguiteranno tutto il giorno; se fossi lor signori, anderei giù fino a quei due macigni chiamati «la porta» e di là, a diritto, cerche-rei di guadagnare il mare; ma per carità! Si tengano a sinistra perchè se sbagliano e vanno a scendere verso la «porta del piccione» o «cala del corvo» non so come potrebbero fare ad uscirne.

Ebbi un brivido mentre ripigliavo la strada dietro a Pirro (il quale, ora, cominciava a brontolare anche lui), pensando a quelle desolate lande dell'isola, che non sono altro che un ammasso di scheggioni e di lacche rotte rotolati durante qualche cataclisma spa-ventoso, e fra cui spuntano ciuffi avari di vegetazione che paiono chiazze di un capo tignoso e qualche pino dalle braccia disperate. Un paesaggio dantesco, senza sentieri, che strapiomba sul mare, da cui non esiste approdo possibile, perchè l'acque battono contro scogliere dirupate altissime, stridule di gabbianelli e di chiurli, o sciacquano dentro a caverne ciclopiche, come la profonda e tetra «Porta del Piccione» da cui, appunto, ogni tanto si scagliano dal buio verso la lu-ce, strillando come dannati, frotte di colombi marini, dal volo fulmineo.

Costà, i graniti, bizzarramente scolpiti dal risuc-chio continuo, dai cavalloni enormi, diabolici scultori che lavorano il macigno danzando, fra gli urli della tempesta e del vento che invece di tornio mulina sul sasso in vorticosi giri concentrici l'aspra arena strappata dal lido, pigliano nomi da paesaggi di favo-la. Lo Specchio, lo Stivale, la Zampa del Gatto, la Donzella, corrispondono ad altrettante impronte sta-tuarie elaborate dalla fantasia infernale delle tempe-ste, mentre i seni profondi e inaccessibili chiesero i nomi alla fantasia e alla leggenda: Cala dello Schiavo, Cala volo di notte, Cupa Calanca...

Su coteste desolate solitudini, dove la tenacia prei-storica del pastore gigliese ha alzato un capanno che il mimetismo uguaglia ai sassi frantumati, soli ele-menti di quel paesaggio, o ha coltivato una striscia di vigna cui vigila, goffo fantasma, il classico spaurac-chio con giubba, cappello e pantaloni sbrendolati al vento, e dove talvolta bela, disperata di pascolo, una greggia sparuta, vola lento il gabbiano gittando il rauco suo grido verso il mare agitato o si libra l'immobile croce del falco: nei tempi remoti vi balzò affamata la capra selvaggia, o vi sbuffò il cignale sperduto.

Per conseguenza ci si tenne a sinistra, quanto si potè, perchè fra il nebbione che il vento ci rammon-tava in faccia e l'acqua obliqua che ci frustava il viso non ci riuscì di trovare il sentiero e bisognò avventu-rarsi a caso, cercando di mantenere la direzione.

Ogni tanto piramidi granitiche o fantastiche sovra-posizioni di massi, dai quali scattava a volo, tuffan-dosi nella bruma come una freccia mancata, un fal-chetto rossastro, ci obbligavano a lunghe diversioni, finchè proprio a sinistra, il cammino ci fu sbarrato da un liscione di granito rosa lungo chi sa quanto, per-chè il sipario della nebbia ci impediva ogni altra ve-duta.

Allora, quando vidi che Pirro si decideva a sacrifi-care il cane, sciogliendolo, e levava le cartucce dal fu-cile, ricominciai a sentirmi male; e il peggio fu allor-chè il mio compagno si levò le scarpe, invitandomi a imitarlo se mi premeva la pelle! Era tutta la mattina che brontolavo, ma in quel momento non ebbi più ri-tegno e maledii l'isola, le beccacce, la caccia, con così comica disperazione che Pirro quasi ne rise. Mi scal-zai, dunque, ed ognuno si può figurare la deliziosa impressione di posare i piedi accaldati sul granito fradicio, alle otto del mattino, di mezzo novembre. Ma almeno si camminava, e, quel che più monta, si camminava a sinistra. Però, arrivati sull'orlo del li-scione concluso da una piccola macchia, proprio da-vanti a me, si levò la beccaccia!

E noi s'aveva i fucili scarichi, e da per tutto si eran prevedute le beccacce fuor che da quella parte, e cosa più straziante ancora, la beccaccia si buttò precisa-mente a destra.

Pirro si dava di gran pugni nel capo, fischiava il cane, giurava e spergiurava che sarebbe andato a ri-batterla anche nella Cala del Corvo, e all'inferno, se fosse stato necessario.....

Io zitto zitto, mi ero rimesso le scarpe, e di là dalla breve macchia a cui ho accennato più sopra, avendo intraveduto in mezzo alla nebbia una certa trasparen-za azzurrognola, filavo in modo pochissimo dignito-so, con grande jattura del fondo dei miei pantaloni, sopra un altro liscione lunghissimo, come se fossi in islitta, verso il basso, e a sinistra.....

Feci appena a tempo a sdraiarmi di fianco, ag-grappandomi coll'unghie al granito e a fermarmi, perchè il liscione finiva sopra un baratro.

Però, al di là di quel baratro, tra lembi sfioccati di nebbia «conobbi il tremolar della marina»!

Attirato dalle mie grida di gioia che parevan quelle del Pio Buglione e dei suoi crociati quando videro apparire Gerusalemme, Pirro mi raggiunse subito col-lo stesso mezzo di locomozione e i pescatori del porto che andavano alla Messa, sotto un bel sole tiepido, ci domandarono, vedendoci passare unti come topi tet-taioli che si affacciano dalla gronda dopo un acquaz-zone, quante beccacce s'era ammazzato e se al Castel-lo ci faceva bel tempo!

Pirro era così inquieto per il suo cane da non sentir nemmeno le prese di giro che gli davano, ma quella bestia incomparabile, quando s'arrivò all'osteria, si era già seduta sull'anche e ci aspettava dimenando la coda, davanti alla tavola apparecchiata.

I
CARBONAI DEL MURAGLIONE

Il muraglione, commesso di blocchi di pietra forte, lungo una cinquantina di metri, è di uno spessore enorme e spronato alle due estremità.

La strada si biforca e passa dai due lati in modo che le carovane dei muli, dei ciuchi, dei pedoni, le vet-ture ed i camions, possono transitare, secondo il ca-so, dall'una o dall'altra parte per non essere travolti dal vento nei sottostanti precipizi dell'Appennino.

Dalla parte meno battuta dagli aquiloni, addossate a un terrapieno, sorgono due case, in una delle quali s'apre l'ospitale, e provvidenziale, bottega della Pia.

La strada precipita in nastri che s'avvolgono a spi-re intorno alla montagna da cui l'acqua cheta eter-nata dall'Alighieri nel sedicesimo canto dell'Inferno divalla silenziosamente nel fiume Montone e da una banda conduce a San Benedetto in Alpe dall'altra a San Godenzo dove i fuoruscuti Ghibellini di Firenze insieme a Dante fecero la riunione che costò l'esilio al Poeta.

Un giorno, nel quale, tornando da Castrocaro in automobile, un fiero temporale mi aveva sorpreso, mi fermai a mangiare dalla Pia.

Messa la macchina al sicuro sotto il muraglione contro il quale l'impeto del vento e del piovasco si frangeva con urli di belva, entrammo nella stanza bassa odorosa di soffritto e di baccalà, scuotendoci l'acqua di dosso e appena, tra il fumo, potemmo di-stinguere qualche cosa, vidi a due lunghe tavole una quindicina di uomini erculei, neri in volto e coi denti bianchissimi come gli africani che mangiavano e be-vevano allegramente.

Mi toccò il posto vicino ad uno il quale pareva il capo tribù, da tanto era rispettato, servito, ascoltato da tutti, un uomo sui settanta anni, ma non li dimo-strava; canuto, ancor vegeto, con delle spalle quadra-te come la sagoma d'un armadio e certe mani simili a pale da infornare il pane.

Appena la Pia m'ebbe posto davanti il piatto col baccalà alla conserva di pomodoro e il mezzo litro del San Giovese nero come il succo delle more, attaccai i primi bocconi e i primi discorsi.

Discorsi banali, sui fatti correnti, finchè la frase stereotipata: «Si stava meglio quando si stava peg-gio» mi venne spontaneamente alle labbra.

Ma, con mia grandissima meraviglia, il gigantesco commensale non fu della mia opinione.

– Veda – mi disse – questi son tutti carbonai della montagna, e fra di essi ci sono cinque miei figlioli e altrettanti nipoti, ma io non mi stanco mai di ripetere loro che dovrebbero ringraziare giorno e notte il Si-gnore d'esser nati in tempi che permettono di caricare il carbone sui camions e portarlo a destino, in Forlì o in Firenze, per questa strada pericolosa ma bella. «Perchè la vita che ho fatto io cavalcando per giorna-te e nottate intere a basto, alla testa d'una dozzina di ciuchi per queste forre infernali, non l'augurerei nep-pure al mio peggior nemico.

» Quante volte ho dovuto fermarmi addossando la carovana degli asini al fianco del monte e attendere, pazientemente, che diminuisse la furia d'un tempora-le.

» E quando questo succedeva di notte, ci pensa lei? Se lo figura che cos'è la montagna vista allo scoppio dei fulmini, con tutte le faggète e i castagneti che s'agitano come dannati?

» Ma questo è ancora nulla, caro signore, in con-fronto a quel che avrà patito il mio babbo, il nonno di quei cinque uomini lì, morto decrepito, un gigante al-to quasi due metri, e che si ricordava di quando non c'era la strada, nè, per conseguenza, il muraglione!.....

– Perchè, questa strada fu cominciata a tracciare?

– Verso il 1840 circa..... almeno stando a quanto raccontava mio nonno, perchè io l'ho sempre veduta e battuta; soltanto che io l'ho battuta a piedi e a ba-sto, mentre i miei figlioli la battono in camion. Perciò, quando loro son fuori, col carbone nei sacchi, sto più tranquillo di quando albergano per la montagna, dormendo nei rifugi, caro signore! E vuole che pro-prio io dica male del progresso?..... Ma pensi che mio padre ha dovuto aspettare, d'inverno, giornate e not-tate intere che il vento calmasse per poter valicare e non essere travolto colle bestie e coi sacchi in fondo alla montagna!

» E se vuole formarsi un'idea lontana di quel che sarà stata la vita di cotesta .... a lei! si metta il cappotto e lasci il cappello..... si faccia dare il berret-to dello chauffeur..... e venga con me».

Mi prese con una delle sue mani spietate, e mi tra-scinò all'aperto come avrebbe fatto di un bambino, mi fece traversare di corsa la strada, poi, strisciando lungo il muraglione, mi agguantò per un braccio e mi disse d'affacciarmi, dal limite del bastione di pietra, sull'abisso meraviglioso spalancato ai miei piedi.

Immediatamente una forza soprannaturale mi re-spinse e poi m'attirò, mentre l'aria mi girava intorno urlando frenetica e mi sollevava quasi da terra: ma il pugno che mi stringeva il bicipite era d'acciaio e mi sentivo tranquillo. Calcandomi con ambe le mani il berretto sulla fronte, aguzzai gli occhi a distinguere, fra il pulviscolo dell'acqua rammulinata dal vento, le criniere dell'Appennino arruffate.

La Falterona pareva un gigante inferocito che agi-tasse la testa, le montagne sembravano muoversi in una tregenda fantastica. La gran vegetazione che le ri-cuopre produceva questa doppia illusione (la quale non si verifica sulle Alpi, più alte e nude): l'illusione del moto e del ruggito dei monti.

Sì! quelle colossali maestà antidiluviane si scuote-vano muggendo e sibilando e il vento, loro signore le-gittimo, si slanciava dalle creste dentate in una ridda turbinosa traverso le boscaglie e a cui afferrava le chiome verdi e gliele scompigliava dalla rabbia di non poterle trascinare con sè.

E, a un tratto, in mezzo a codesto scenario favolo-so, ruppe, da una valanga crollante di nuvole, il sole, e illuminò di luce calda e vivida una parte delle selve fumanti di nebbie e verdeggianti di piante fradice mentre, per il contrasto, un'altra parte s'infoscava in blù cupo, quasi notturno.

Ero abbagliato! E non mi sarei mai mosso di lì se la cornetta dell'auto non mi avesse richiamato alla realtà.

Scendendo poi giù, verso la Sieve, rimpiangevo di non poter fare quella via meravigliosa, adagio adagio, a cavallo o a piedi; quando incontrammo una caro-vana di carbonai sugli asini, fradici intinti, che veni-vano dalla montagna.

Cavalcavano lenti, ciascuno in mezzo a due sacchi neri, maestosamente ravvolti nel pastrano, con la de-stra sul fianco, simili a guerrieri antichi, salendo ver-so le cime.

Io, rimbacuccato nel paletot, afflosciato sui cuscini, mi lasciavo trascinare, come un bagaglio, verso la pianura.

NOSTALGIA

Dove ho «rivissuto» un momento come questo?

In natura non si dà mai caso di un tramonto, di un cielo, uguali; eppure, tanti anni fa, in questo punto, a quest'ora, ho provato la medesima impressione, non solo, ma ho visto le medesime cose.

Sono in campagna, arrivato da pochi minuti, e mi sono messo a sedere sullo scalino dell'uscio di casa.

La casa è scura, non solo perchè imbrunisce, ma perchè tutte le imposte sono serrate, e, dalle stanze viene quell'odorino di tanfo e di rinchiuso che dà noia e piacere insieme.

Davanti a me si allunga la via «vicinale» col solito noce alto e le cime dei cipressi, più bassi, che pare spuntino a fior del terreno.

Dietro al noce un nuvolo d'oro, gonfio, simile ad una vela adriatica piena di vento, come «allora».....
Possibile che nulla sia mutato?

La nuvola arancione diventa rossa, i cipressi si in-zuppano di porpora, e il terreno, riflettendo il cielo che incupisce, è violetto.

Viole piovono da per tutto; mi guardo le mani che ne sono intrise e mi alzo con un senso di imbarazzo.

Entro in salotto, apro la finestra donde filtra una luce fredda, mi siedo al solito tavolino, sul solito ca-napè.

C'è un libro, che sfoglio, e che s'apre dove è rima-sto il segno, una strisciolina di carta ingiallita.

È un libro di viaggi edito dal Valvasense «con li-centia dei superiori» rilegato in cartapecora; sa di muffa. Ma io ricordo, prodigiosamente, d'aver lascia-to la lettura proprio in quel punto.

«I Missionarii Portoghesi.....»

Le esse paiono effe, nella stampa settecentesca e «come allora» ciò mi diverte.

Mi par di tornare indietro col tempo, di non esser più io d'ora, ma io d'allora.

Due ore fa udivo ancora rombi d'automobili e di vetture, ed ecco, più nulla.....

La gazza che uccisi sotto «la quercia del cucùlio» mi guarda, impagliata, di sul ramo ficcato in una cor-teccia di sughera.

L'orologio, stile impero, sotto la campana di vetro, incrinata, segna un'ora immobile.

Tutto sparisce dalla mia memoria; sono trasporta-to, indietro, all'epoca in cui lasciai tutto così, com'è ora, tanti anni fa.

Io son giovane, leggo libri di viaggi e scrivo dei versi, per sfogo di fantasia, senz'altra preoccupazio-ne, la mamma è viva, la casa melanconica e spoglia di suppellettili è piena di lei.

A un tratto la campana della torre, lenta, grave, comincia a suonare l'un'ora.

Fra un poco andremo a cena, sotto il pergolato, al lume del petrolio che fila, molestati dalle farfalle bianche le quali piovono di tra i pampani sulla tova-glia, come i fogliolini al teatro quando vi rappresen-tano «La pianella perduta tra la neve».

E intanto io posso immergermi, come allora, in una meditazione buia, senza costrutto, stupida, tutto feli-ce perchè nulla mi turba, nessun pensiero mi oppri-me, nessuna necessità mi urge.

Rido; ricordo d'essermi, una volta, nello spogliar-mi per andare a letto, indugiato a pensare senza idee, guardando davanti a me l'oscurità infinita del tempo immutabile, come se fossi immerso nell'eternità.

E, a un tratto, rammento d'essermi svegliato da quell'estasi ai rintocchi della mezzanotte!

Avevo passato due ore a fantasticare sul nulla, immerso nel nulla e nella felicità assoluta.

Ma quando mi accadde codesto fenomeno? Ieri se-ra, o venti anni or sono?

La notte è discesa; dalla finestra aperta entra l'ombra sempre più folta; io sento e non sento (per-chè non me ne rendo conto preciso) un acciottolio di stoviglie; qualcuno, nell'orto, prepara la tavola per cenare.

Non percepisco più nulla, nè fame, nè stanchezza, nè gioia, nè fastidio; vivo soltanto per quel filo d'anima che vagola nel buio senza ragione e sono fe-lice.

Nel buio! In mezzo al buio il libro aperto riceve il riflesso delle stelle invisibili e mette nelle tenebre un piccolo spazio blù.

Non ricordo più niente; ho vissuto sempre così, da tanti anni, senza vivere.

La vita dei morti?

Ed ecco la luce entra all'improvviso preceduta da un'ombra che s'allunga sul muro, una voce mi chiama a tavola, io mi scuoto e rispondo a mia moglie, sbalordita: – Vengo subito, «mamma»!

PROCESSIONE ALL' IMPRUNETA

Spettacolo medioevale, e perciò pervaso da una specie di senso d'eternità così solenne, che quasi sgomenta.

Da tutti i monti circostanti alla collina resa famosa nei secoli dall'umile tavola di quercia dipinta a tem-pra dell'ignoto pittore prebizantino, erano scese, ed eran salite, quaruntuna compagnie, ciascuna munita di labari di seta, crociati, e di Crocefissi scolpiti sotto i ricchi baldacchini di velluto broccato tempestati di cartiglie in metalli preziosi.

I più grossi paesi, non solo del piviere, ma di altre giurisdizioni ecclesiastiche, avevano inviato rappre-sentanze di circoli con vessilli e con le rispettive ban-de musicali insieme ai prelati, ai parroci. Anche le of-ferte, innumerevoli, pervenute alla Basilica erano portate in processione, trionfalmente.

Ricordo un delizioso ciuchino d'un manto nero pendente al viola, cavalcato da un angioletto alato che sedeva gravemente, lampeggiando il riso di due occhi color delle more mature e d'una bocca scarlatta di sotto un casco di riccioli neri, in mezzo a due da-migiane d'olio purissimo da ardere in qualche lam-pada del tempietto robbiano davanti all'Immagine in-coronata di gemme chiusa nel tabernacolo dorato di Michelozzo.

Diecimila persone, arrivate improvvisamente lassù, con tutti i mezzi, a piedi, in barroccino, in diligenza, in «autobus» in «camion», assistevano allo sfilamen-to che durò, con esattezza, un'ora e dieci minuti!

La processione, mirabilmente coordinata, sfilò al suono, ininterrotto, di una dozzina di bande musicali.

Mancava lo spazio per poter distendere la impo-nentissima massa dei processionanti; ma lo spettaco-lo non fu, perciò, meno grandioso.

Perchè avendo il corteggio dovuto formare intorno al pozzo che sorge in mezzo alla piazza scoscesa, la chiocciola, ne resultò un colpo d'occhio inaspettata-mente coreografico, ma di una maestà senza pari. Centinaia di stendardi di seta, bianchi, rossi, gialli, turchini, garrivano al dolce vento di maggio. La Basi-lica con tutte le porte spalancate, vigilate dalle sue torri, gravata dal peso dei secoli, ardeva di lumi e la grande Ancona tricuspidale dipinta dal Nelli e dal Del Mazza sulla fine del trecento raggiava in fondo, sull'altar maggiore, come un ostensorio colossale.

Fuori, il sole caldo del vespero sfiorava tutta quella selva di bandiere, dorandole e cavandone riflessi di gemme, mentre la folla, le uniformi, le cappe bianche delle compagnie, la policromia dei baldacchini, le porpore, il paonazzo delle mozzette, il candore azzur-ro dei veli delle fanciulle, le fiamme dei ceri, il nereg-giar della folla, si fondevano in un tutto indescrivibi-le, ondeggiando tra i fumi degli incensi e il violetto trasparente dell'aria, come in una visione.

E ad un tratto, codesta selva di stendardi, di ban-diere, di baldacchini, e di vessilli, ondeggianti in quel-la gloria di colori come in un affresco di Piero della Francesca, si abbassò. E tutta la folla, le diecimila persone, si buttarono in ginocchio.

E sulle diecimila teste curvate fu sollevata l'Immagine Taumaturga.

L'antichissima immagine greca parve sollevare sul popolo di Firenze, ancora una volta, la mano affilata benedicente, girando attorno gli occhi penetranti.

E perfino gli scettici sentirono che non era soltanto un'immagine dipinta più o meno egregiamente sopra una tavola di quercia, che loro sovrastava; e i creden-ti sentirono che anche qualcosa di più umanamente vicino, della Vergine Maria invocata nelle preghiere, stava su di essi.

Perchè, in verità, nella gloria dell'Italia nuova, libe-ra di imposizioni odiose, e di gioghi negatori e di-struttori, si inalzava, sulla foresta viva e splendente degli stendardi paciferi e vittoriosi, la tradizione eter-na che spinge l'uomo, dalla sua prigione di carne a battere alle porte del cielo, si inalzava la bellezza, coi suoi artisti, coi suoi scrittori, coi suoi poeti; si levava la fede dei nostri padri, quella di cui si onorarono Mi-chelangiolo e Dante.

E finalmente, quando in mezzo ad un uragano d'applausi, la Madonna rientrò nel tempio, tutti sentirono che, con lei, fulgida, trionfante, e indistruttibi-le, passava la Patria.